Conductor
Dessin : Nokiya

Sommaire

CONDUCTOR

1

Scénario
Manabu KAMINAGA

Dessin
Nokiya

Conductor

PREMIER JOUR

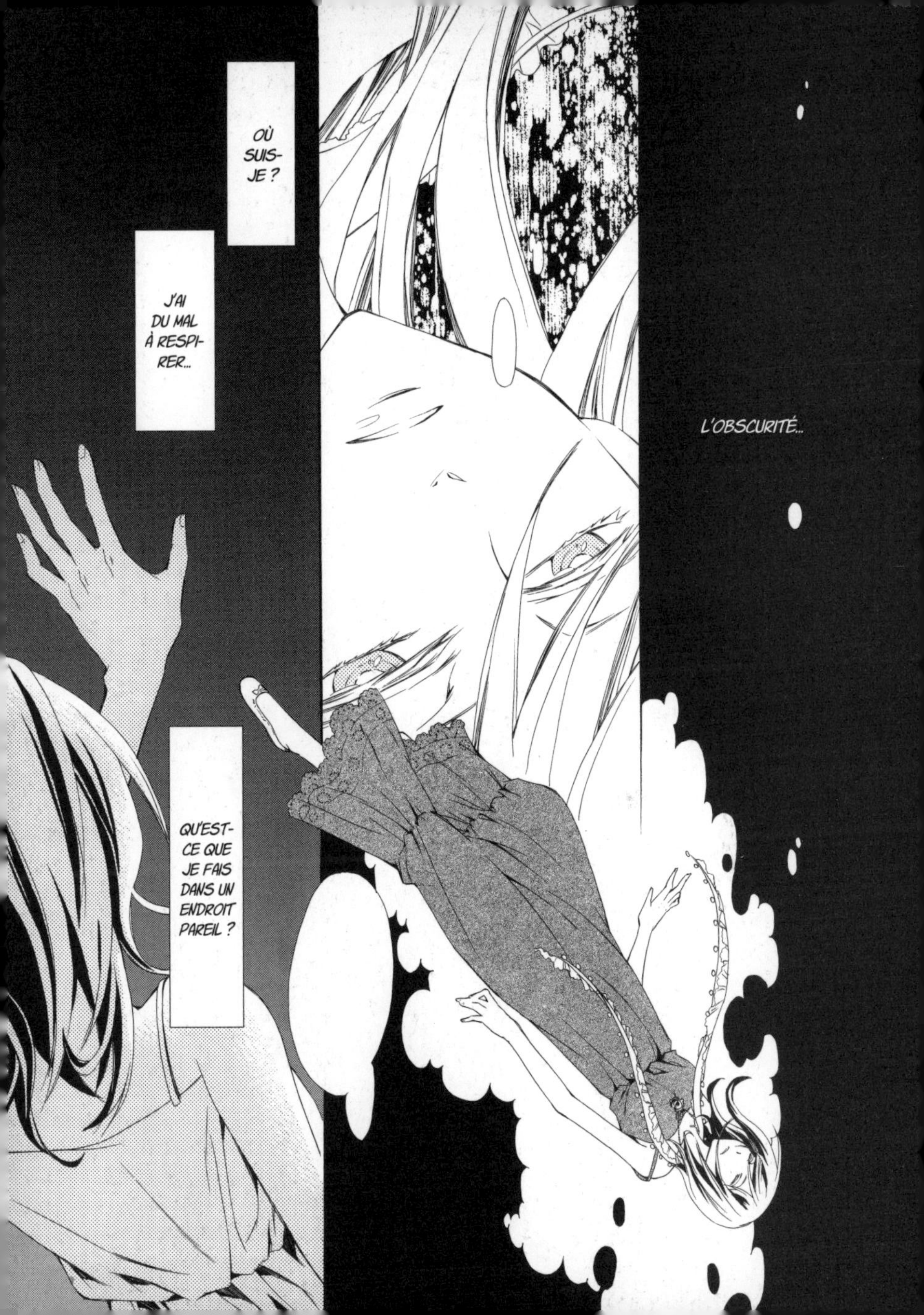
L'OBSCURITÉ...
OÙ SUIS-JE ?
J'AI DU MAL À RESPIRER...
QU'EST-CE QUE JE FAIS DANS UN ENDROIT PAREIL ?

UN MUR ?!
ON SE CROIRAIT DANS...
UN CERCUEIL ?!
NON !!
LAISSEZ-MOI SORTIR !!
DONG

CRAC
CE SON… C'EST UNE CLOCHE ?
NON…
LES MURS… LES TÉNÈBRES SE DISLOQUENT, COMME SOUS L'EFFET D'UNE ONDE DE CHOC…

JE SUIS DANS...
L'AUDITORIUM DE LA FAC...
ET CE BRUIT...

C'EST UN ORGUE !
IL Y A QUELQU'UN ...
QUI EST-CE ?

QU'EST-CE QU'IL TIENT ENTRE SES MAINS ?
FLAP

!
HIN
HIN !

J'AI PEUR...
JE DOIS M'ENFUIR... MAIS...
AAAH...

JE REPRENDS MA CHUTE DANS L'OBSCURITÉ...
DR MATSUZAKI
PSYCHOTHÉRAPEUTE

PREMIER JOUR : NAOMI KUCHIKI.
MADEMOISELLE NAOMI KUCHIKI, C'EST BIEN ÇA ?
OUI...
JE SUIS LE DOCTEUR MATSUZAKI, JE SERAI VOTRE PSYCHOTHÉRAPEUTE...

BONJOUR...
JE NE M'ATTENDAIS PAS À QUELQU'UN D'AUSSI JEUNE ...
NOUS ALLONS COMMENCER PAR UN PETIT JEU...
UN JEU ?
J'AIMERAIS QUE VOUS RÉPONDIEZ À TOUTES MES QUESTIONS PAR "OUI", QUE L'AFFIRMATION SOIT VRAIE OU PAS...
EUH...
D'ACCORD...
EST-CE QUE VOUS ÊTES UNE FEMME ?
AH...
EUH...
OUI !
EST-CE QUE VOUS ÊTES UN HOMME ?
OUI...

VOUS ÊTES MARIÉE ?
OUI...
JE N'AI MÊME PAS DE PETIT COPAIN...
VOUS AVEZ DES ENFANTS ?
OUI...
VOUS TRAVAIL-LEZ...
COMME MUSICIENNE.
EST-CE QUE VOUS ÊTES DROITIÈRE ?
OUI...
COMMENT EST-CE QU...
JE NE L'AI PAS PRÉCISÉ EN PRENANT RENDEZ-VOUS !!
CONTENTEZ-VOUS DE RÉPONDRE PAR "OUI", S'IL VOUS PLAÎT...

OUI...
VOUS JOUEZ DE LA FLÛTE.
ENCORE !
MAIS...
JE RÉPONDRAI À VOS QUESTIONS PLUS TARD...
VOUS ÊTES ICI ...
PARCE QUE VOUS ÊTES PERTURBÉE PAR DES RÊVES.
...
C'EST VRAI...
VOUS VOUS DITES...
“COMMENT...
EST-CE QU'IL SAIT ÇA ?”

VSHH
QU'EST-CE QUE ÇA SIGNIFIE ?!
PARDON SI JE VOUS AI PRISE AU DÉPOURVU ...
JE VAIS VOUS RÉVÉLER MON TRUC...

UN TRUC ?
SI VOUS COMMENCIEZ PAR VOUS ASSEOIR ?
IL M'A ÉTÉ TRÈS FACILE DE DÉCOUVRIR VOTRE PROFESSION...
HIER, QUAND VOUS M'AVEZ APPELÉ POUR PRENDRE RENDEZ-VOUS, J'AI ENTENDU EN FOND SONORE UNE SUITE POUR VIOLONCELLE SEUL...
C'ÉTAIT UN BEAU MORCEAU !
MAIS CE N'EST PAS SUFFISANT POUR...
AU MOMENT DE FIXER LA DATE, VOUS M'AVEZ EXPLIQUÉ QUE VOUS PRÉFÉRIEZ VENIR DÈS LE LENDEMAIN CAR VOUS ENTRIEZ EN RÉPÉTITION DEUX JOURS APRÈS...

NON...
POUR-TANT, C'EST BIEN...
UNE FLÛTE QUE VOUS AVEZ LÀ ?
MAIS JE N'AI PAS PRÉCISÉ QUEL GENRE DE RÉPÉTITION...
ON NE DIRAIT PAS COMME ÇA, MAIS J'AI FAIT UN PEU DE MUSIQUE, AUTREFOIS...
J'ARRIVE À PEU PRÈS À IDENTIFIER LES INSTRUMENTS D'APRÈS LA FORME DE L'ÉTUI !

ENSUITE, CE NE SONT QUE DES CONJECTURES, MAIS...
JE SUPPOSE QUE COMME VOUS COMMENCEZ VOS RÉPÉTITIONS DEMAIN...
VOUS COMPTIEZ PASSER DANS UN MAGASIN DE MUSIQUE APRÈS NOTRE SÉANCE POUR FAIRE ENTRETENIR VOTRE INSTRUMENT, NON ?
IL A RAISON...
MAIS IL N'A PAS DEVINÉ QUE ÇA...
ET POURQUOI PENSEZ-VOUS QUE JE VIENS VOUS VOIR AU SUJET DE MES RÊVES ?
VOUS AVEZ LES YEUX CERNÉS...
PEUT-ÊTRE QUE LE STRESS M'EMPÊCHE DE DORMIR !
EN CAS DE SIMPLE INSOMNIE, VOUS AURIEZ AUSSI LES GLOBES OCULAIRES INJECTÉS DE SANG...
MAIS COMME VOUS N'AVEZ QUE DES POCHES, J'EN CONCLUS QUE VOUS N'ARRIVEZ PAS À VOUS REPOSER MÊME EN DORMANT...

JE NE PEUX RIEN RÉTORQUER À ÇA...
POURQUOI NE PAS L'AVOIR DIT D'ENTRÉE DE JEU ?
HMM... MALGRÉ TOUT...
QUELLE PERSPICACITÉ HORS DU COMMUN !
PARCE QUE JE VOULAIS OBSERVER VOTRE RÉACTION...

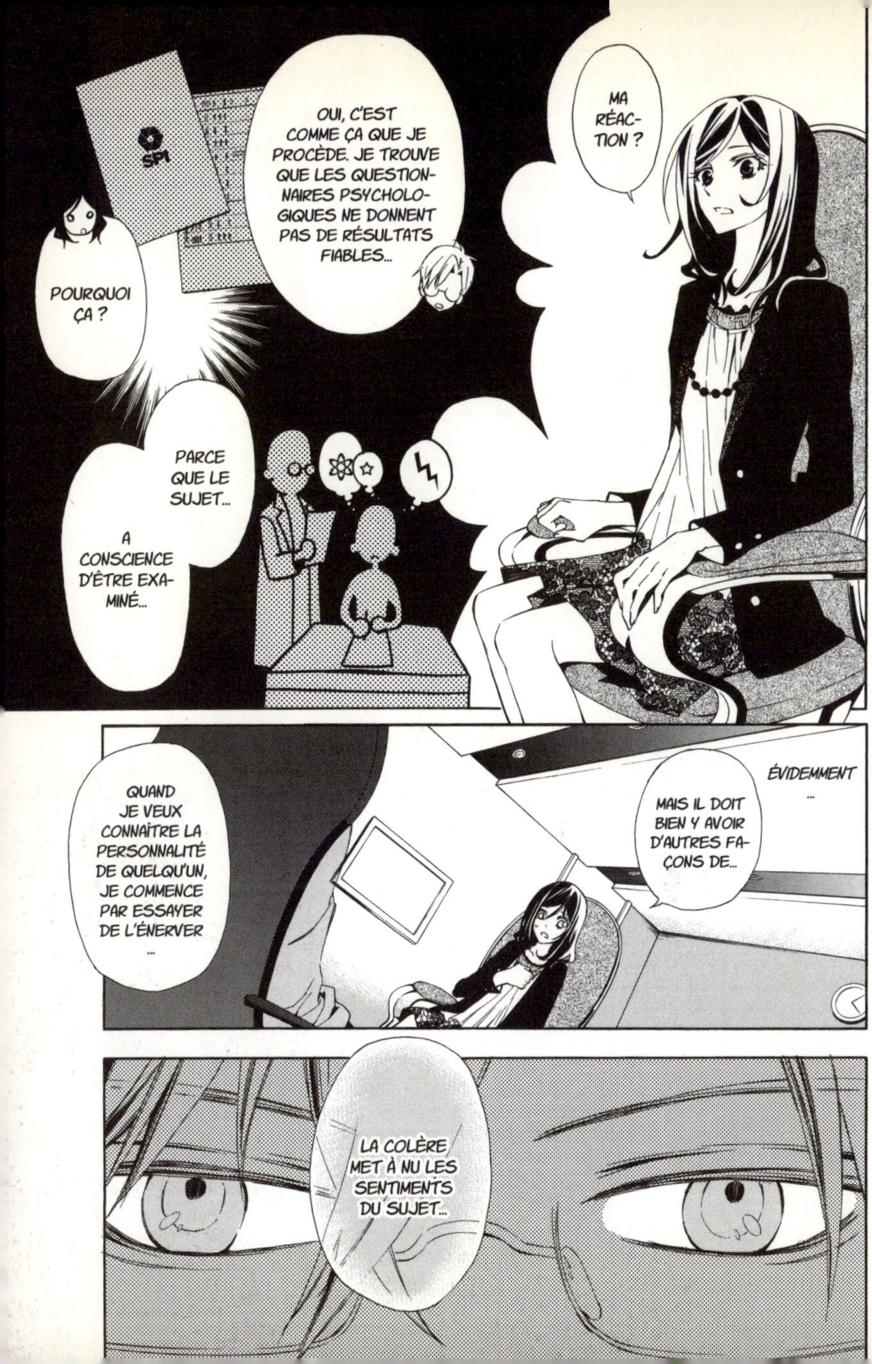
MA RÉACTION ?
OUI, C'EST COMME ÇA QUE JE PROCÈDE. JE TROUVE QUE LES QUESTIONNAIRES PSYCHOLOGIQUES NE DONNENT PAS DE RÉSULTATS FIABLES...
SPI
POURQUOI ÇA ?
PARCE QUE LE SUJET...
A CONSCIENCE D'ÊTRE EXAMINÉ...
ÉVIDEMMENT...
MAIS IL DOIT BIEN Y AVOIR D'AUTRES FAÇONS DE...
QUAND JE VEUX CONNAÎTRE LA PERSONNALITÉ DE QUELQU'UN, JE COMMENCE PAR ESSAYER DE L'ÉNERVER...
LA COLÈRE MET À NU LES SENTIMENTS DU SUJET...

HEIN ?!
QU'EST-CE QU'IL A, CE TYPE...
À TRAITER LES GENS COMME DES COBAYES ?
MAIS ÉTRANGEMENT, JE NE SUIS PAS FÂCHÉE...
AU CONTRAIRE, MA NERVOSITÉ A DISPARU...
J'AI L'IMPRESSION QUE JE PEUX ME DÉTENDRE ET ME CONFIER À LUI...

ET MÊME LUI PARLER DE...
CET AFFREUX CAUCHEMAR !
JE TOMBE AU MILIEU DES TÉNÈBRES ...
ET C'EST TOUJOURS ...
À CE MOMENT-LÀ QUE LE RÊVE PREND FIN...

C'EST ANGOISSANT RIEN QUE D'Y REPEN-SER...
FSH
TOUT VA BIEN ?

OUI...
MERCI...
SLURP
UNE VOIX MONOCORDE... UN VISAGE IMPASSIBLE...
JE ME SENS PLUS CALME, MAINTENANT...
VOTRE EXPRESSION S'EST RADOUCIE !
POURTANT...

J'AVAIS L'AIR TENDUE ?
HEIN ?
MOI ?
JE PENSAIS QUE VOUS ÉTIEZ TOU-JOURS EN COLÈRE...
JE PLAISANTE !
AVEC UN TON PAREIL...
COMMENT JE PEUX DEVINER QUE C'EST UNE BLAGUE ?
BIEN...
REVENONS À VOTRE RÊVE...

VOUS LE FAITES FRÉQUEMMENT ?
PRESQUE TOUTES LES NUITS...
DEPUIS QUAND ?
JE NE SAIS PAS TROP...
PARFOIS J'AI L'IMPRESSION QUE ÇA A COMMENCÉ TOUT RÉCEMMENT, ET D'AUTRES FOIS DEPUIS DES ANNÉES...
JE VOIS...
DÉSOLÉE...
VOUS N'AVEZ PAS À VOUS EXCUSER...
VOUS NE VOUS SOUVENEZ PAS DE LA PERSONNE QUI APPARAÎT DANS VOTRE RÊVE...

NON, JE NE DISTINGUE PAS SON VISAGE...
PAR CONTRE...
JE RESSENS UNE SORTE DE NOSTALGIE À SON ÉGARD...
DE NOSTALGIE ?
JE SAIS, C'EST BIZARRE...
JE SUIS TERRIFIÉE, ET EN MÊME TEMPS...
NON, PAS DU TOUT...
CES DEUX SENTIMENTS NE SONT PAS CONTRADICTOIRES...
ON PEUT ÉPROUVER DE LA NOSTALGIE VIS-À-VIS DE N'IMPORTE QUI...
POURVU QU'UNE CONDITION SOIT REMPLIE !
LAQUELLE ?

IL FAUT CONNAÎTRE CETTE PERSONNE...
...
MAIS ALORS ...
CE SERAIT QUELQU'UN QUE J'AI REN-CONTRÉ ?
JE N'EN REVIENS PAS...
SERAIT-IL POSSIBLE QUE...
JE LE CONNAISSE VRAIMENT ?

DANS VOTRE CAUCHE-MAR...
C'EST UN HOMME, N'EST-CE PAS ?
QU'EST-CE QUI VOUS FAIT PENSER ÇA ?
VOUS N'ÉPROUVEZ PAS DE SYMPTÔME SUBJECTIF, ALORS...
COMMENT ÇA ?!
NE VOUS ÉNERVEZ PAS...
À L'INSTANT, VOUS AVEZ DIT "LE"...

AH BON ?
VOUS NE VOUS EN SOUVENEZ PAS ?
NON...
JE VOIS...
QUOI DONC ?
POURQUOI EST-CE QU'IL NE M'EXPLIQUE RIEN DE PLUS ?
QU'EST-CE QUI M'ARRIVE ?
JE...

CONNAIS CET HOMME ?!
MADE-MOISELLE KUCHIKI...
NE VOUS FORCEZ PAS À VOUS SOU-VENIR...
MAIS...
JE NE VOIS VRAIMENT PAS QUI C'EST...

LE CERVEAU HUMAIN...
EST CONÇU POUR OUBLIER...
ÇA FAIT PARTIE DE SES MÉCANISMES DE DÉFENSE !
SI LES EXPÉRIENCES DOULOUREUSES OU PÉNIBLES ...
RESTAIENT TOUJOURS AUSSI INTENSES QU'AU PREMIER JOUR, CE SERAIT UN TROP GROS FARDEAU POUR NOTRE PSYCHÉ...
LE FAIT D'OUBLIER PERMET...
DE SE PROTÉGER !
VOUS VOULEZ DIRE QUE J'AURAIS EFFACÉ DE MA MÉMOIRE DES ÉVÉNEMENTS DÉSAGRÉABLES ?
PAS TOUT À FAIT...
OUBLIER NE SIGNIFIE PAS QUE LES SOUVENIRS SONT COMPLÈTEMENT GOMMÉS...
ILS SONT SEULEMENT ENGLOUTIS DANS DE PROFONDES TÉNÈBRES...

ON POURRAIT DIRE QU'ILS SONT MIS SOUS CLÉ...
POUR LES EMPÊCHER DE RESSURGIR...
SURTOUT CEUX QUI POURRAIENT S'AVÉRER TRAUMATIQUES.

ALORS...
J'AURAIS VÉCU UNE EXPÉRIENCE TRAUMATISANTE PAR LE PASSÉ ?
ET J'AURAIS SIMPLEMENT TOUT OUBLIÉ ?
C'EST POUR ÇA QUE JE FAIS CE RÊVE ?
CE N'EST QU'UNE POSSIBILITÉ...

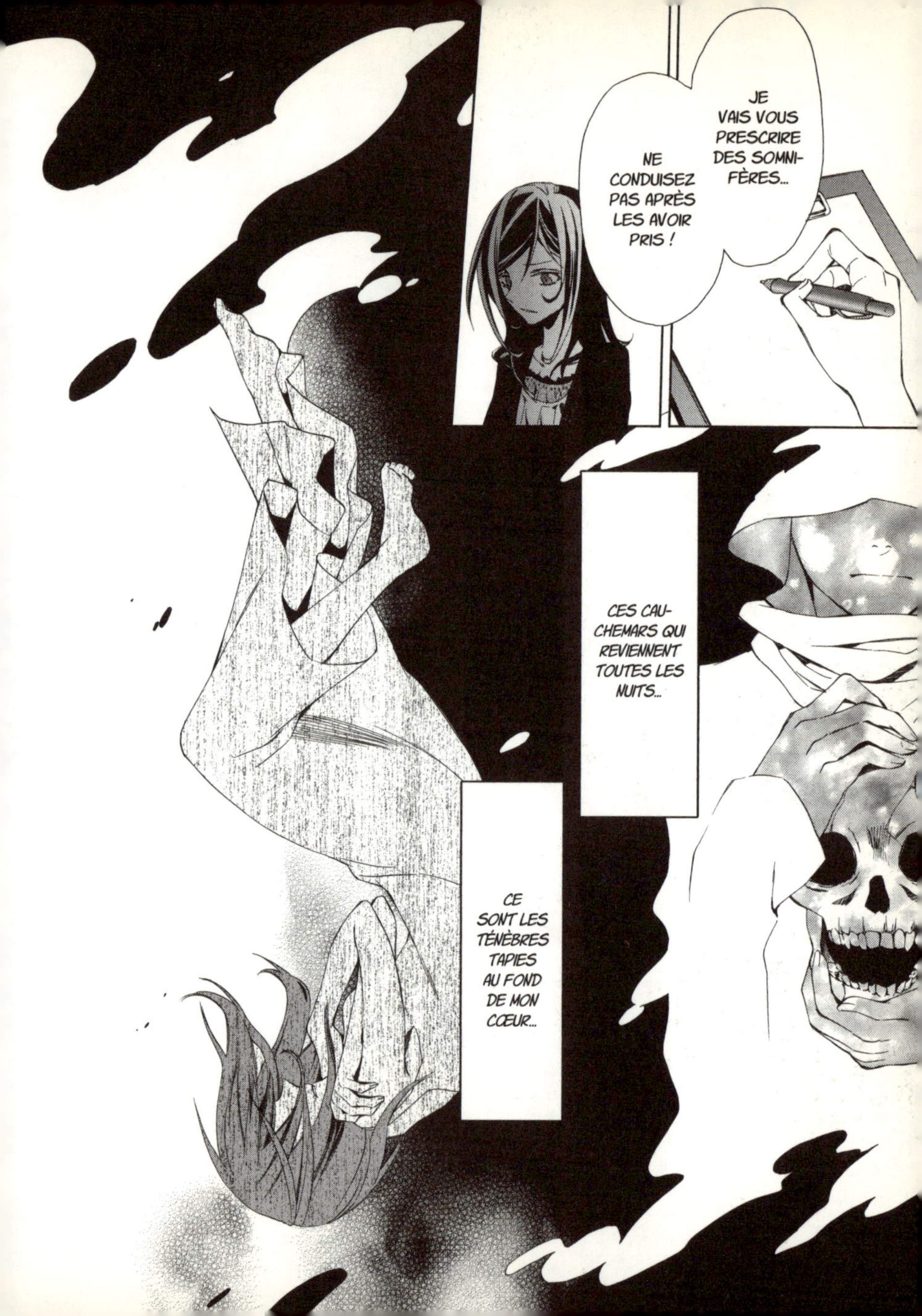
JE VAIS VOUS PRESCRIRE DES SOMNIFÈRES...
NE CONDUISEZ PAS APRÈS LES AVOIR PRIS !
CES CAUCHEMARS QUI REVIENNENT TOUTES LES NUITS...
CE SONT LES TÉNÈBRES TAPIES AU FOND DE MON CŒUR...

MAIS QU'EST-CE
QUI ME TERRORISE
À CE POINT ?

TAP
PREMIER JOUR :
TSUYOSHI ISHIKURA.
FRSH
AH !
BONJOUR, INSPECTEUR !
SALUT ...
C'EST UN APPEL ANONYME QUI NOUS A AVERTIS...

J'AI D'ABORD CRU À UN CANULAR...
"IL Y A UN CADAVRE DANS L'IMMEUBLE..."
MAIS QUAND ON A ENVOYÉ UN AGENT VÉRIFIER À TOUT HA-SARD...

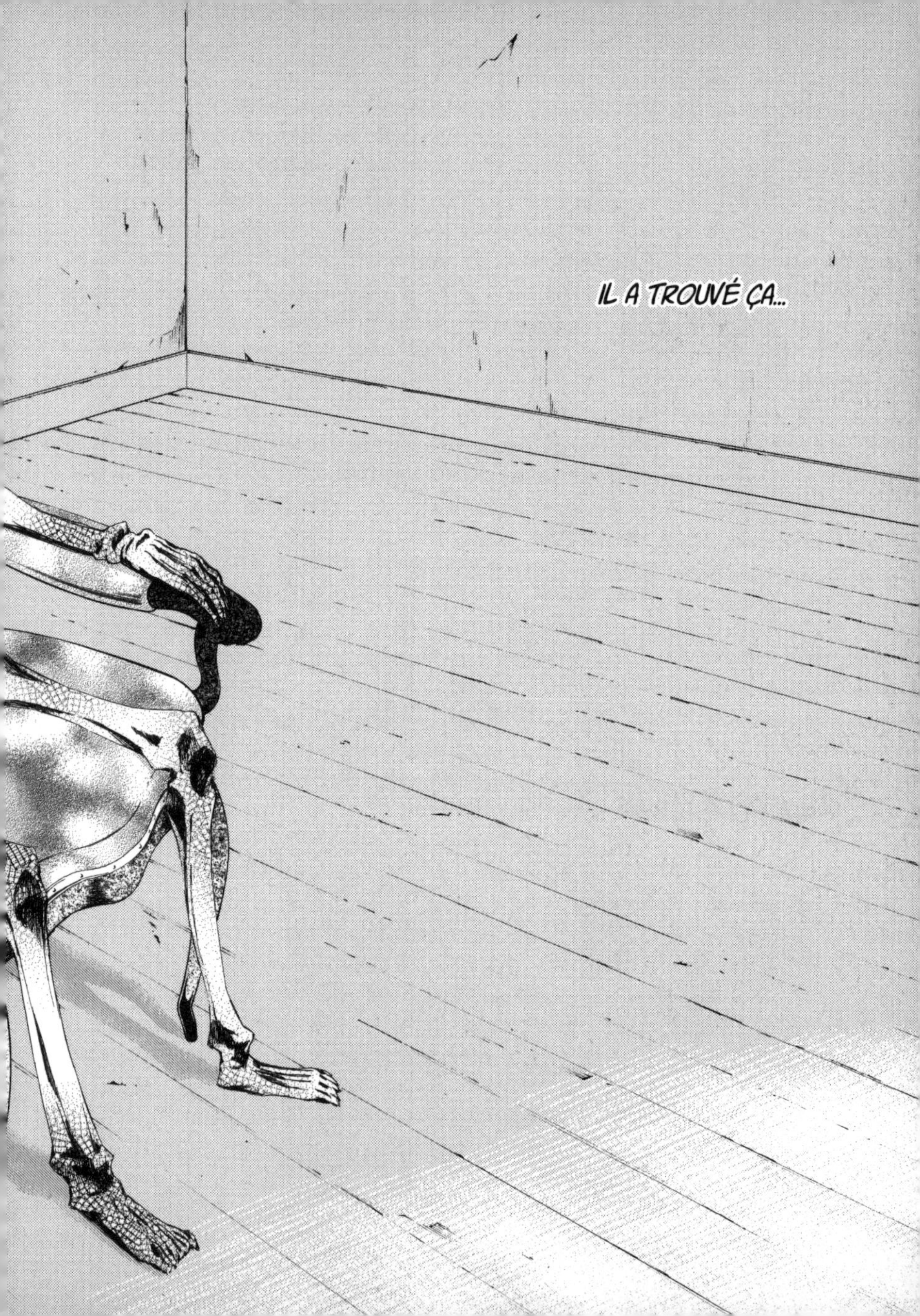
IL A TROUVÉ ÇA...

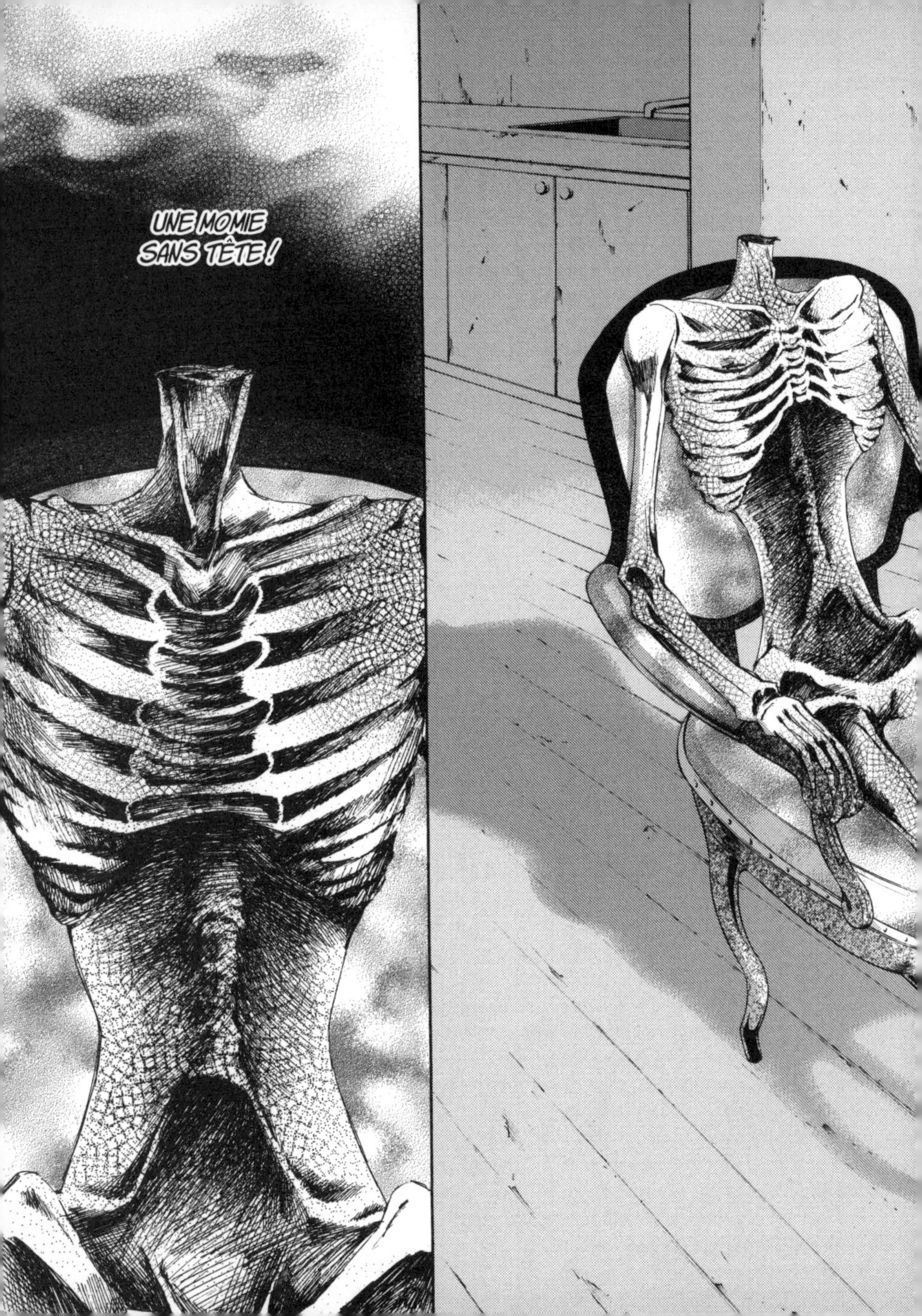
UNE MOMIE SANS TÊTE !

LE CORPS D'UN HOMME MORT DEPUIS AU MOINS DEUX OU TROIS ANS...
ABANDONNÉ DANS UN STU-DIO DÉNUÉ DE TOUTE TRACE DE VIE...
J'AI DU MAL À CROIRE QUE PERSONNE NE SE SOIT APERÇU DE RIEN PEN-DANT TOUT CE TEMPS...
IL EST PLUS PROBABLE QUE QUELQU'UN L'AIT AMENÉ ICI EXPRÈS...
MAIS...
POUR QUELLE RAISON ?
ON A PEUT-ÊTRE FAIT DISPARAÎTRE LE VISAGE DU CADAVRE POUR DISSIMULER SON IDENTITÉ ...
MAIS SI ON CRAIGNAIT VRAIMENT QU'IL SOIT DÉCOU-VERT, POURQUOI L'EXPOSER DE MANIÈRE AUSSI DRAMATIQUE ?
INSPEC-TEUR !
QU'EST-CE QU'IL Y A, ARAGAKI ?

2003 12 24
REGARDEZ...
LE DÉFUNT AVAIT CETTE PHOTO SUR LUI !
ELLE EST USÉE, ON N'Y VOIT PAS GRAND-CHOSE...
IL LA TENAIT À LA MAIN ?
OUI, DE LA MAIN DROITE...
ALORS LA VICTIME SERAIT UNE DES PERSONNES QUI APPARAISSENT SUR CE CLICHÉ ?
AUCUNE IDÉE !

QUI SONT CES GENS ? C'EST POSSIBLE DE LES RETROUVER, AU MOINS ?
HMM
ÇA RISQUE D'ÊTRE DIFFICILE ...
C'EST ÇA, NOTRE MEILLEURE RECRUE ?!
COMMENT EST-CE QU'UN BLANC-BEC DANS SON GENRE PEUT ÊTRE INSPECTEUR ADJOINT ?!
C'EST DATÉ DU 24 DÉCEMBRE 2003...
LE RÉVEILLON D'IL Y A CINQ ANS...
QU'EST-CE QUE C'EST QUE ÇA ?
UNE STATUE ?
JE NE SAIS PAS... ON DIRAIT UN SAPIN DE NOËL !

DEMANDE UNE ANALYSE DE CETTE PHOTO AU LABO !
S'ILS ARRIVENT À IDENTIFIER CETTE SCULPTURE, ON POURRA PEUT-ÊTRE DÉCOUVRIR OÙ ELLE A ÉTÉ PRISE !
BIEN !
MAIS...
IL NE FAUT PAS SE FOCALISER SUR CET INDICE...
QUELQU'UN A SCIEMMENT AGENCÉ CETTE MISE EN SCÈNE...
À TOUS LES COUPS, IL VOULAIT QU'ON TROUVE CE CLICHÉ !
EST-CE QUE LE MEURTRIER CHERCHE À BROUILLER LES PISTES ?
OU À NOUS LANCER UN DÉFI ?

ARAGAKI !
OUI !
C'EST QUOI, CE TRUC ?!
À VOTRE AVIS, C'EST L'ASSASSIN QUI L'A LAISSÉ, OU C'ÉTAIT DÉJÀ LÀ AVANT ?
C'EST JUSTEMENT LA QUESTION !
ON DIRAIT UNE POMME !

UNE POMME ?
OUI...
ÇA RES-SEMBLE UN PEU AU LOGO D'APPLE, NON ?
LA PIÈCE ÉTAIT DANS CET ÉTAT QUAND TU ES ARRIVÉ ?
HEIN ?
JE TE DEMANDE SI LA FENÊTRE ÉTAIT OUVERTE !!
AH !
EUH... OUI !
ET LA PORTE D'ENTRÉE ?
FERMÉE À CLÉ...
LE MEURTRIER A LAISSÉ LA FENÊTRE OUVERTE EXPRÈS... MAIS DANS QUEL BUT ?

ON A DÉCOUVERT LE CORPS GRÂCE À UN APPEL ANONYME...
ET LA PERSONNE AU BOUT DU FIL S'EST SERVIE D'UN MODIFICATEUR DE VOIX...
AUTREMENT DIT, IL Y A DE TRÈS FORTES CHANCES QU'ELLE SOIT MÊLÉE À L'AFFAIRE D'UNE FAÇON OU D'UNE AUTRE...
ET PUIS, CE BÂTI-MENT SE TROUVE AU SOMMET D'UNE MONTÉE...
JE VOIS...
LE CADAVRE SEMBLE REGARDER PAR LA FENÊTRE ...
MAIS EN FAIT, C'EST LE CONTRAIRE !
IL ÉTAIT EXPOSÉ À LA VUE DE TOUS, L'AUTEUR DE L'APPEL ANONYME NOUS A JUSTE AVERTIS AVANT QUE QUELQU'UN LE DÉCOUVRE PAR HASARD...

AFIN DE POUVOIR TRANQUILLEMENT NOUS OBSERVER...
AU MOMENT QU'IL AVAIT CHOISI !

MAINTENANT, JE CONNAIS LE CHAMP DE VISION DU COUPABLE...
ATTENDS UN PEU...
JE TE JURE QU'ON VA T'AVOIR !

IL SE TROUVE FORCÉMENT DANS UN ENDROIT VISIBLE DEPUIS CETTE FENÊTRE !
PIN
フォー
PON
フォ
PREMIER JOUR : YASUFUMI YÛKI.

DRING
DRING
C'EST M. AIBA, LE PRODUC-TEUR !
DZZ
C'EST OUVERT !
DÉSOLÉ ...
J'AI UN PEU DE RETARD !
NE VOUS EN FAITES PAS, VOUS ÊTES DANS LES TEMPS !
ASSEYEZ-VOUS DONC !

VOUS VOULEZ BOIRE QUELQUE CHOSE ?
NON MERCI, ÇA IRA ...
EN FAIT, J'AI UN AUTRE RENDEZ-VOUS JUSTE APRÈS...
IL ME RESTE BEAUCOUP DE PROBLÈMES À RÉGLER...
...
OUI, J'IMAGINE QUE ÇA DOIT ÊTRE DUR...
SI J'AI BIEN COMPRIS, LE METTEUR EN SCÈNE DE LA COMÉDIE MUSICALE QUE VOUS PRODUISEZ S'EST FAIT PORTER PÂLE DEUX SEMAINES AVANT LA PREMIÈRE REPRÉSENTATION...
ET VOILÀ QUE VOTRE CHEF D'ORCHESTRE NE DONNE SOUDAIN PLUS DE NOUVELLES...

OUI, EXACTEMENT... EN PLUS, NOUS AVONS DÉJÀ MIS LES TICKETS EN VENTE...
C'EST POUR ÇA QUE J'AIMERAIS QUE VOUS REPRENIEZ LA DIRECTION DE L'ORCHESTRE !
MAIS POURQUOI MOI ?
JE RENTRE TOUT JUSTE D'UN VOYAGE D'ÉTUDES EN ALLEMAGNE ET JE NE VOUS CONNAIS NI D'ÈVE NI D'ADAM...
C'EST VRAI, MAIS...
J'AI EU L'OCCASION D'ENTENDRE UN CONCERT QUE VOUS DIRIGIEZ AU JAPON... JE PENSE QUE VOUS ÊTES L'HOMME DE LA SITUATION !
C'EST LOUCHE ...
IL A DÛ CONTACTER UN À UN TOUS LES BÉNÉFICIAIRES D'UNE BOURSE D'ÉTUDES À L'ÉTRANGER...
MAIS...

* CÉLÈBRE PIÈCE DE WILLIAM SHAKESPEARE, NDT.

IL A SANS DOUTE QUELQUE CHOSE À CACHER...
COMME MOI !
ALORS, QU'EST-CE QUE VOUS EN DITES ?
J'ACCEPTE !

MERCI BEAUCOUP !
VOUS M'ÔTEZ UNE SACRÉE ÉPINE DU PIED !
QUANT À VOTRE RÉMUNÉRATION...
C'EST UNE BLAGUE ?
JE CROYAIS QU'ON S'ÉTAIT MIS D'ACCORD SUR LA SOMME !
ON NE REVIENT PAS SUR LE SALAIRE UNE FOIS LE BOULOT ACCEPTÉ !
JUSTEMENT, IL FAUT QU'ON EN DISCUTE...
MAIS CE N'EST PAS FORCÉMENT UNE MAUVAISE NOUVELLE, SUIVANT LA FAÇON DONT ON VOIT LES CHOSES...
COMMENT ÇA ?

* ENVIRON 270.000 EUROS, NDT.

MÊME POUR 30 % DES RECETTES ?
QU'EST-CE QUE VOUS VOULEZ DIRE ?
ET SI VOUS VOUS RASSEYIEZ, QU'ON EN DISCUTE ?

* ENVIRON 100 EUROS, NDT.

** ENVIRON 5,5 MILLIONS D'EUROS, NDT.

600 MILLIONS...
AU FINAL, IL FAUDRA COMPTER 200 MILLIONS POUR COUVRIR LES FRAIS DE PRODUCTION...
CE QUI NOUS LAISSE QUAND MÊME 400 MILLIONS DE BÉNÉFICE !
ET J'EN TOUCHERAIS 30 % ?
EXACT...
VOUS INVESTISSEZ 30 MILLIONS, VOUS REPARTEZ AVEC 120* !
* ENVIRON 1 MILLION D'EUROS, NDT.
ÇA VAUT LE COUP, NON ?
C'EST BIEN JOLI, MAIS SI LA PIÈCE FAIT UN BIDE, JE PEUX DIRE ADIEU À MON ARGENT...
IL RESTE ENCORE UNE SEMAINE AVANT LA PREMIÈRE, ET ON A DÉJÀ VENDU 80 % DES PLACES !
VOUS ME DITES QUE 30 MILLIONS SUFFIRAIENT À FINANCER LE PROJET ? COMMENT C'EST POSSIBLE ?
C'EST SIMPLE, DANS CE MÉTIER, LA PLUPART DES FRAIS SONT PAYÉS EN DIFFÉRÉ !

JE VOIS...
COMME NOTRE METTEUR EN SCÈNE ET NOTRE CHEF D'ORCHESTRE ONT TOUS LES DEUX QUITTÉ LE NAVIRE...
UN DE NOS PRINCIPAUX SPONSORS NOUS A LÂCHÉS...
DANS CE CAS, POURQUOI EST-CE QU'IL VOUS FAUT DES FONDS TOUT DE SUITE ?
MAIS C'EST BIEN VOTRE SOCIÉTÉ QUI PRODUIT LA COMÉDIE MUSICALE, NON ?
ELLE NE PEUT PAS INVESTIR ?
NON, ON NE FAIT QUE MONTER LES SPECTACLES, ON NE LES FINANCE PAS !
SANS VOTRE AIDE, ON SERA OBLIGÉS D'ANNULER LA PRODUCTION ET DE REMBOURSER LES BILLETS, ALORS QUE LES PROFITS SONT GARANTIS !
ACCEPTEZ, JE VOUS EN PRIE !
...
POURQUOI ME DEMANDER ÇA À MOI ?

J'AI ENTENDU DIRE QUE...
VOTRE PÈRE ÉTAIT LE PATRON DES CÉLÈBRES ENTREPRISES YÛKI...
CE N'EST PAS SEULEMENT POUR MON TALENT...
QU'IL M'A CHOISI COMME REMPLAÇANT !
ÉVIDEMMENT...
POUR 40 %, J'Y RÉFLÉCHIRAI...

SINON...
FAITES COMME SI CETTE CONVERSATION N'AVAIT JAMAIS EU LIEU !

...
ENTENDU !
CONTRAT
PIN
PON

PIN
UNE SIRÈNE DE POLICE ?
PON
AH, LA FENÊTRE ÉTAIT OUVERTE ...
AKIHO...
PREMIER JOUR : KAZUO TAMAKI.
FLAP

AAAH !
TING
BOBOM
POURQUOI EST-CE QUE MA BLESSURE ME FAIT SOUFFRIR ?
BOBOM
C'ÉTAIT IL Y A DÉJÀ CINQ ANS...
ALLÔ !
BIP
BONJOUR !
AKIHO...
JE ME DEMANDAIS OÙ TU ÉTAIS PASSÉE...
TU SAIS BIEN QUE JE DOIS ME PRÉPARER POUR DEMAIN !

AH OUI, POUR LA COMÉDIE MUSICALE QUI A FAILLI ÊTRE ANNULÉE...
MAIS TU ES PARTIE SANS RIEN DIRE !
TU DORMAIS SI BIEN, JE N'AI PAS EU LE CŒUR DE TE DÉRANGER !
J'ÉTAIS RÉVEILLÉ !
MENTEUR !
EST-CE QUE JE T'AI DÉJÀ MENTI ?
OUI, À NOËL DERNIER !
TU M'AS RACONTÉ QUE TU NE POUVAIS PAS ME REJOINDRE À CAUSE DE TON TRAVAIL...
ET EN FAIT, TU M'ATTENDAIS DEHORS !
"AKIHO..."

"VEUX-TU M'ÉPOUSER ?"
POUR TE RENDRE HEUREUSE, JE SUIS PRÊT À MENTIR AUTANT QU'IL LE FAUDRA !
QUEL VANTARD !
JE T'APPELAIS PARCE QUE J'AI OUBLIÉ DE FERMER LA FENÊTRE EN PARTANT...
BAH, ON EST AU SIXIÈME ÉTAGE, ET IL N'Y A RIEN À VOLER DE TOUTE FAÇON...
OUI, MAIS TU POURRAIS ATTRAPER FROID...
JE T'AIME !

MOI AUSSI...
HEIN ? QUOI ? JE N'AI RIEN EN-TENDU !
TCHAC
PFF...
À DEMAIN !
CETTE CHAMBRE EST PRA-TIQUEMENT VIDE POUR L'INSTANT...
MAIS ELLE VA BIENTÔT S'IM-PRÉGNER DE LA PRÉSENCE D'AKIHO...
ET DES SIGNES DE NOTRE VIE COMMUNE...

IL Y A CINQ ANS...
CETTE BLESSURE M'A PRIVÉ DE MES ÉTUDES À L'ÉTRANGER, DE MON DIPLÔME... ET D'UNE CARRIÈRE DE SOLISTE...
MAIS EN ÉCHANGE...
J'AI OBTENU AKIHO !

BIEN SÛR, ÇA NE S'EST PAS FAIT TOUT SEUL...
IL A FALLU QUE JE ME SALISSE LES MAINS POUR EN ARRIVER LÀ...
ON NE PEUT CONSTRUIRE SON BONHEUR QUE SUR LE MALHEUR D'UN AUTRE, DE TOUTE FAÇON !
C'EST COMME ÇA...

IL Y A NEUF ANS...
QUAND J'AI APERÇU AKIHO DANS LA COUR DE LA FAC...
J'AI CRU QUE MON CŒUR ALLAIT EXPLOSER !

ALORS LORSQUE
LA CHANCE M'A SOURI...
JE SUIS PASSÉ À L'ACTION,
PRÊT À TOUT POUR NE PAS
LAISSER ÉCHAPPER CETTE
OCCASION...

ET C'EST AINSI QUE J'AI OBTENU CE QUE JE VOU-LAIS !
TAC
CHOPIN, POLONAISE HÉROÏQUE EN LA BÉMOL MAJEUR, OP. 53...
TING

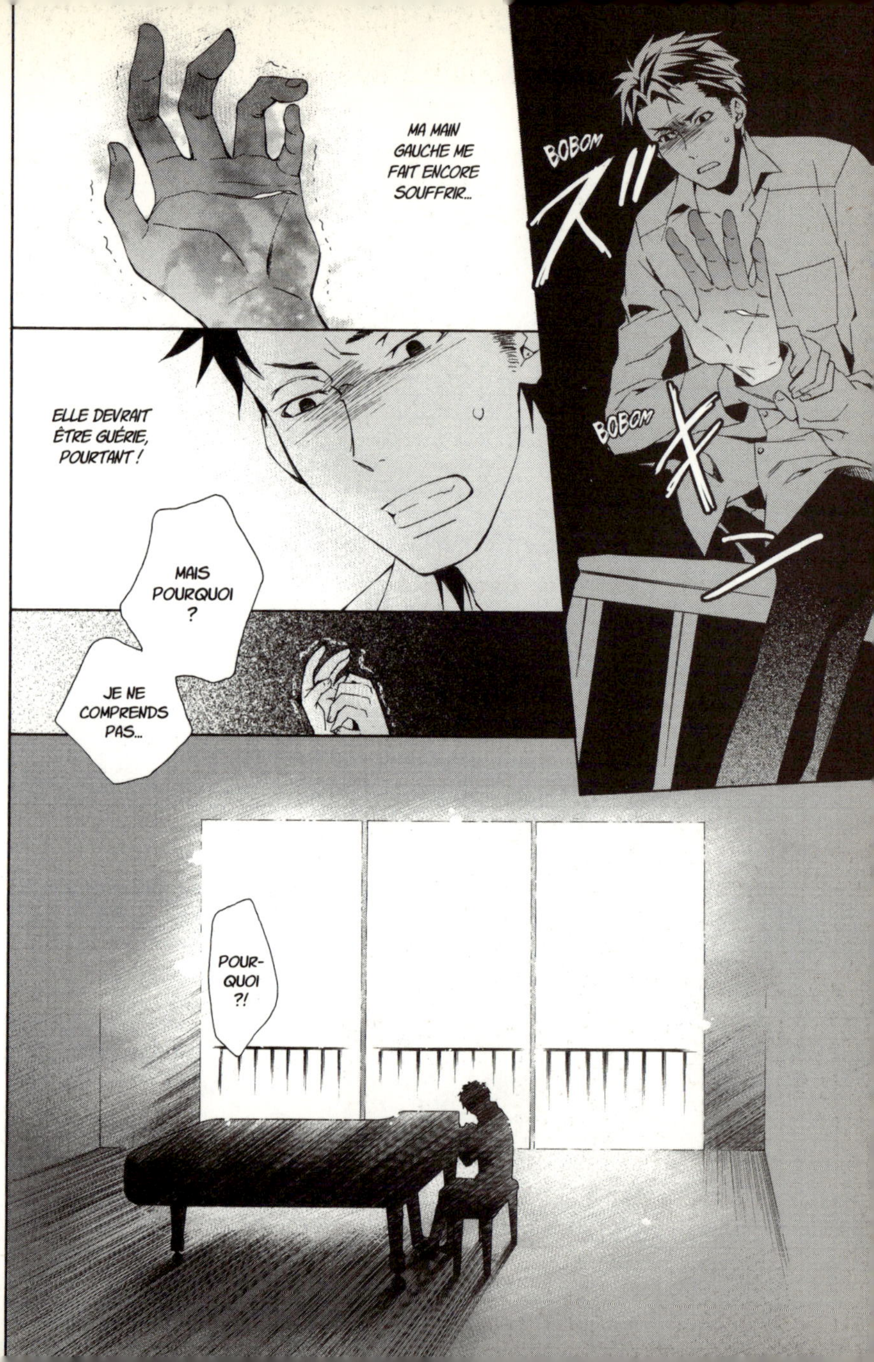
BOBOM
BOBOM
MA MAIN GAUCHE ME FAIT ENCORE SOUFFRIR...
ELLE DEVRAIT ÊTRE GUÉRIE, POURTANT !
MAIS POURQUOI ?
JE NE COMPRENDS PAS...
POUR-QUOI ?!

A
JRRR
A
IL ME SEMBLE QU'APRÈS LA SÉANCE D'AUJOURD'HUI...
J'AI UNE IMAGE PLUS NETTE...

DE CET HOMME AVEC UN CRÂNE ENTRE LES MAINS !
CE Dr MATSU-ZAKI...
PLONGE DANS LE CŒUR DES GENS SANS LA MOINDRE HÉSITATION...

EN TEMPS NORMAL, JE TROUVERAIS SANS DOUTE SON COMPORTEMENT DÉPLACÉ...
MAIS BIZARREMENT, JE NE ME SUIS PAS SENTIE MAL À L'AISE. AU CONTRAIRE, J'ÉTAIS DÉTENDUE...
POF
J'AVAIS L'IMPRESSION QUE JE POUVAIS LUI FAIRE CONFIANCE...
AH !

MAIS POURQUOI ...
EST-CE QUE C'EST LIÉ À MON RÊVE, ÇA AUSSI ?
EST-CE QUE MON SANG SE GLACE DÈS QU'UN HOMME ME FRÔLE ?
ざわ BLA
BLA ざわ

ÇA ALORS... DES VOITURES DE POLICE, DES JOURNALISTES...
IL S'EST PASSÉ QUELQUE CHOSE ?

TIENS...
C'EST UN POLICIER ? JE PEUX PEUT-ÊTRE LUI DEMANDER...
EUH... EXCUSEZ-MOI, IL Y A EU UN ACCIDENT ?

VOUS ÊTES ?
J'HABITE DANS CET IMMEUBLE ...
JE VOIS...
C'EST LA RÉSIDENCE QUI DONNE SUR LES LIEUX DU CRIME...
EN FAIT, ON A DÉCOUVERT UN CADAVRE DANS CE BÂTIMENT !
UN CADAVRE ?
OUI... JE NE DOIS PAS TROP L'ÉBRUITER, MAIS ON PENSE QU'IL S'AGIT D'UN MEURTRE...
UN MEURTRE ...
AH, J'AI OUBLIÉ DE ME PRÉSENTER !
JE SUIS L'INSPECTEUR ADJOINT ARAGAKI, DE LA BRIGADE CRIMINELLE !

À PROPOS, JE VOUDRAIS VOUS DE-MANDER...
CES DERNIERS TEMPS, VOUS N'AURIEZ PAS VU QUELQU'UN AVEC UN COM-PORTEMENT SUSPECT, DANS LE COIN ?
LÀ, COMME ÇA, ÇA NE ME DIT RIEN...
EST-CE QUE VOUS AVEZ DÉJÀ RENCONTRÉ L'OCCUPANT DU STUDIO 201 DE CET IMM...
BAM
BAM
BAM
INSPEC-TEUR !

AH !
JUSTE AU CAS OÙ, VOUS POURRIEZ ME DONNER VOTRE NOM ?
NAOMI KUCHIKI...
ET LE NUMÉRO DE VOTRE APPARTEMENT ?
LE 203...
JE PEUX AVOIR VOS COORDONNÉES ?
FLÛTISTE
NAOMI KUCHIKI
MERCI DE VOTRE COOPÉRATION !

FRSH
ON EST OBLIGÉ DE PASSER PAR UNE RUE TRÈS ÉTROITE POUR SE RENDRE SUR LES LIEUX...
UNE FEMME N'AURAIT PAS EU ASSEZ DE FORCE POUR MONTER LE CORPS EN HAUT DE L'IMMEUBLE... LE COUPABLE EST SANS DOUTE UN HOMME, OU ALORS ILS S'Y SONT MIS À PLUSIEURS...
ET ILS ONT FORCÉMENT EU BESOIN D'UNE VOITURE POUR TRANSPORTER LE CADAVRE !

HMM... DIFFICILE DE STATIONNER DANS UNE RUELLE AUSSI ÉTROITE SANS SE FAIRE REMARQUER...
SI UN AUTRE VÉHICULE SE POINTE, IL NE PEUT PLUS PASSER !
TROUVER UN TÉMOIN SERA PEUT-ÊTRE PLUS FACILE QUE JE LE PENSAIS...
NON, ÇA M'ÉTONNERAIT...
LE COUPABLE EST QUELQU'UN D'EXTRÊMEMENT PRUDENT ET MINUTIEUX...
NON SEULEMENT IL NOUS A AVERTIS DE LA PRÉSENCE DU CADAVRE EN UN TEMPS RECORD, MAIS IL EST ALLÉ JUSQU'À UTILISER UN MODIFICATEUR DE VOIX POUR NOUS CONTACTER !
EN PLUS, IL N'A LAISSÉ NI EMPREINTE DIGITALE, NI TRACE DE PAS...
ALORS QU'IL A DÉPOSÉ UNE PHOTO DANS LA MAIN DE LA VICTIME...
ET DESSINÉ UN SYMBOLE AU-DESSUS DE LA FENÊTRE...

COMME POUR...

NOUS DONNER UN INDICE !

JE N'AI PAS REÇU TON CHÈQUE, CE MOIS-CI !
APRÈS TOUT CE QUE TU M'AS DÉJÀ EXTORQUÉ, TU EN RÉCLAMES ENCORE ?!
AH BON ?
IL N'Y A PAS DE "AH BON" QUI TIENNE !
LE MOIS DERNIER AUSSI, TU AVAIS DU RETARD !
JE TE L'AI RAPPELÉ IL Y A UNE SEMAINE, EN PLUS !
OFFICIELLEMENT, ON A DIVORCÉ POUR "DIVERGENCE D'OPINION"...
MAIS LA VÉRITABLE RAISON, C'EST QUE TU M'AS TROMPÉ AVEC TON PATRON !
J'AURAIS PU M'EN TIRER SANS AVOIR À PAYER DE PENSION... IL AURAIT SUFFI QUE JE TE DÉNONCE !
SI JE NE L'AI PAS FAIT...
TU CROIS QU'OUBLIER, C'EST UNE EXCUSE VALABLE ?
CE N'EST PAS UNE EXCUSE !

LES CONCOURS D'AKIRA VONT NOUS COÛTER CHER, L'ANNÉE PROCHAINE !
C'EST UNIQUEMENT PARCE QUE JE ME SOUCIE DE L'AVENIR DE MON ENFANT !
JE SAIS...
ENTRE MON EX, QUI ME RÉCLAME DE L'ARGENT SANS ARRÊT...
ET SON MARI, QUI CAUTIONNE SON COMPORTEMENT...
IL N'Y EN A PAS UN POUR RATTRAPER L'AUTRE ! FRANCHEMENT, ILS ME METTENT HORS DE MOI !
MAIS...
QUAND JE PENSE À AKIRA...
JE FERAI LE VIREMENT CETTE SEMAINE !
TAP
TAP
ET SI TU POUVAIS ÉVITER LES CADEAUX MALVENUS, AUSSI...
DE QUOI TU PARLES ?
DE L'ORDINATEUR QUE TU AS OFFERT À AKIRA, TIENS ! NE FAIS PAS L'IDIOT, TU LE SAIS TRÈS BIEN !

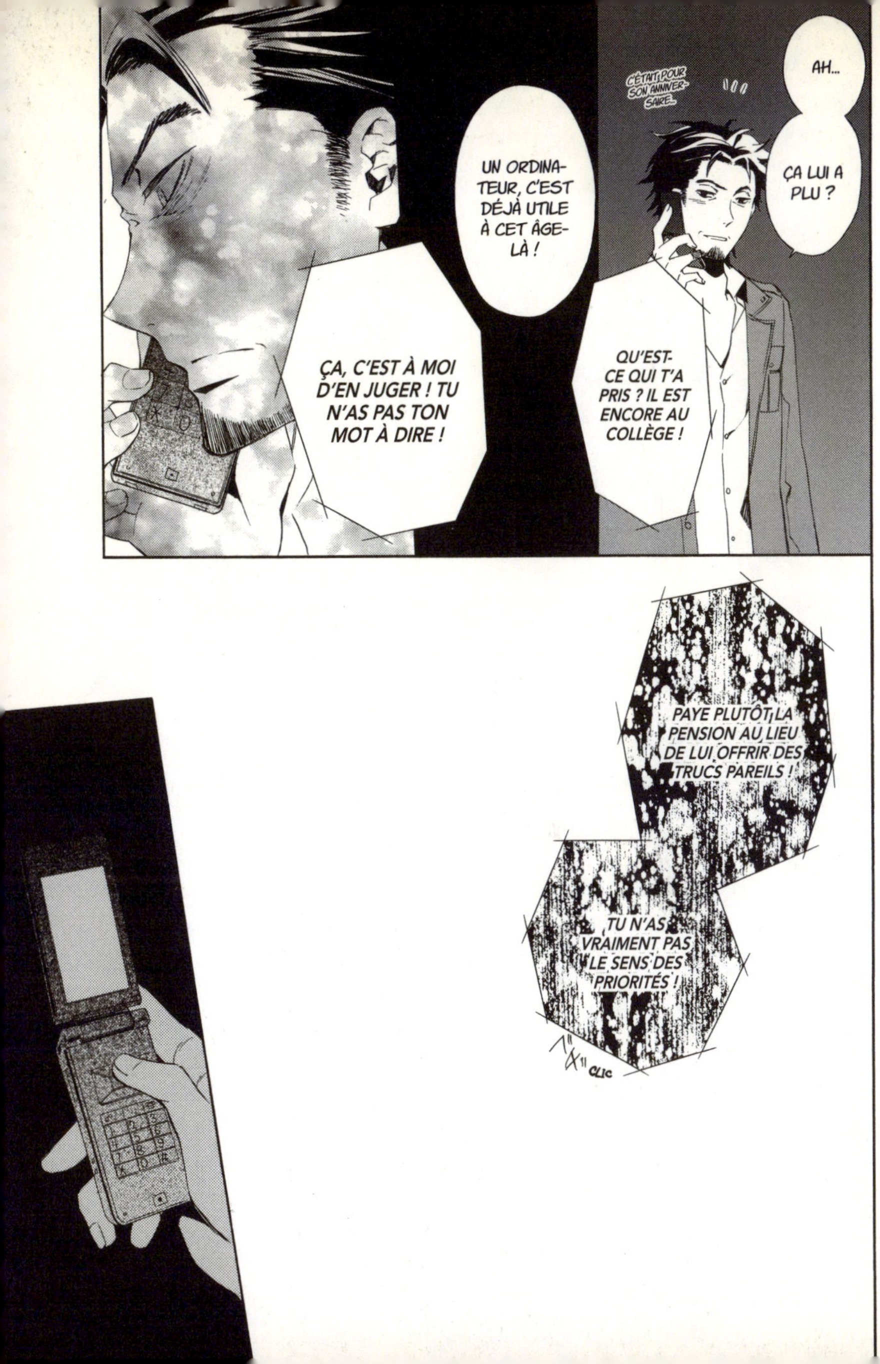
AH...
ÇA LUI A PLU ?
C'ÉTAIT POUR SON ANNIVER-SAIRE...
UN ORDINA-TEUR, C'EST DÉJÀ UTILE À CET ÂGE-LÀ !
QU'EST-CE QUI T'A PRIS ? IL EST ENCORE AU COLLÈGE !
ÇA, C'EST À MOI D'EN JUGER ! TU N'AS PAS TON MOT À DIRE !
PAYE PLUTÔT LA PENSION AU LIEU DE LUI OFFRIR DES TRUCS PAREILS !
TU N'AS VRAIMENT PAS LE SENS DES PRIORITÉS !
CLIC

BAM
PTEUH
INSPECTEUR !
QUOI ?
J'AI ENTENDU DU BRUIT...
QU'EST-CE QUI SE PASSE ?

DITES, C'EST VOUS QUI AVEZ FAIT ÇA À LA PORTIÈRE ?
QU'EST-CE QUE ÇA PEUT TE FOUTRE ?!
DOM
R...
RIEN...
RIEN DU TOUT !
IL SUFFIT DE HAUSSER UN PEU LE TON POUR QU'IL BATTE EN RETRAITE ?!
UN TYPE PAREIL N'A RIEN À FAIRE DANS LA POLICE !
MAIS AVEC SES DIPLÔMES, IL COMMENCE DÉJÀ INSPECTEUR ADJOINT...
L'ANNÉE PROCHAINE, IL SERA INSPECTEUR, ET DANS QUELQUES ANNÉES COMMISSAIRE...
CE N'EST QU'UNE QUESTION DE TEMPS AVANT QU'IL DEVIENNE MON SUPÉRIEUR !

EUH... VOUS ALLEZ OÙ ?
ENQUÊTER !
JE VIENS AVEC V...
CLAC
VRRR
QUELQUE CHOSE NE TOURNE PAS ROND...
ÇA ME FILE LA GERBE RIEN QUE D'Y PENSER !

203
CLIC
ガ
チャー

FRSH
L'OCCUPANT DU STUDIO 201...
MAIS... C'EST L'APPART JUSTE EN FACE DE CHEZ MOI !

VRR
VRR
ALLÔ ?
JE SUIS BIEN SUR LE PORTABLE DE NAOMI KUCHIKI ?
BONSOIR !
C'EST MONSIEUR MATSUZAKI, VOTRE PSYCHOTHÉRAPEUTE...
CETTE VOIX...
JE VOULAIS M'ASSURER DE QUELQUE CHOSE...
JE VOUS ÉCOUTE ...
VOILÀ, J'AI RETROUVÉ UN AGENDA DANS MON BUREAU...
UN AGENDA ?
C'EST SANS DOUTE UN DE MES PATIENTS D'AUJOURD'HUI QUI L'A OUBLIÉ...
VOUS AVEZ PU RETROUVER SON PROPRIÉTAIRE ?
EH BIEN JUSTEMENT, C'EST POUR ÇA QUE JE VOUS APPELLE... CE NE SERAIT PAS LE VÔTRE, PAR HASARD ?

C'EST PAS VRAI !!
JE SUIS VRAIMENT DÉSOLÉE...
IL EST EN CUIR ROUGE AVEC UN DESSIN DE FLÛTE...
PAS LA PEINE, CE N'EST RIEN !
AU MOINS, IL N'EST PAS PERDU !
TANT MIEUX, C'EST LÀ QUE JE TIENS...
MON JOURNAL INTIME...
!!
NE VOUS EN FAITES PAS, JE N'AI PAS REGARDÉ À L'INTÉRIEUR !

MAIS ALORS COMMENT ...
JE N'AI EU QUE DEUX VISITES, AUJOURD'HUI...
ET QUAND J'AI VU L'ILLUSTRATION, JE ME SUIS DOUTÉ QUE C'ÉTAIT À VOUS...
MERCI BEAUCOUP !
QUAND EST-CE QUE JE POURRAI VOUS LE RENDRE ?
OH...
ÇA PEUT ATTENDRE MON PROCHAIN RENDEZ-VOUS !
C'EST DANS UNE SEMAINE, MAIS BON...
NON, C'EST TROP LONG !
MAIS...
J'AI DU TEMPS LIBRE DEMAIN SOIR ...
EST-CE QU'ON PEUT SE RETROUVER QUELQUE PART ?

HEIN ?
A...
AVEC PLAISIR !
EH, CE N'EST PAS UN RENCARD !
QU'EST-CE QUI ME PREND ?!
DÉSOLÉE DE VOUS IMPOSER ÇA...
ÇA NE ME GÊNE PAS...
ET PUIS, IL Y A QUELQUE CHOSE QUI ME TRACASSE... J'AIMERAIS VOUS EN PARLER.
...
MERCI BEAUCOUP... DEMAIN, JE DEVRAIS ÊTRE LIBRE À PARTIR DE SEPT HEURES !
OUI...
OK !
ON PEUT SE RETROUVER LÀ-BAS, ALORS...
BIP

PLAF
BOBOM
BOBOM
BOBOM
JE ME SENS BIEN DANS MON LIT...
BOBOM

PEUT-ÊTRE QUE
JE NE FERAI PAS
DE CAUCHEMAR
CETTE NUIT...
CHAPITRE 1 - FIN

CHARACTERS FILE 1
Naomi Kuchiki
【Flûtiste】

CHARACTERS FILE 2

Yasufumi Yûki

【Chef d'orchestre】

Conductor
Conductor
DEUXIÈME JOUR 1

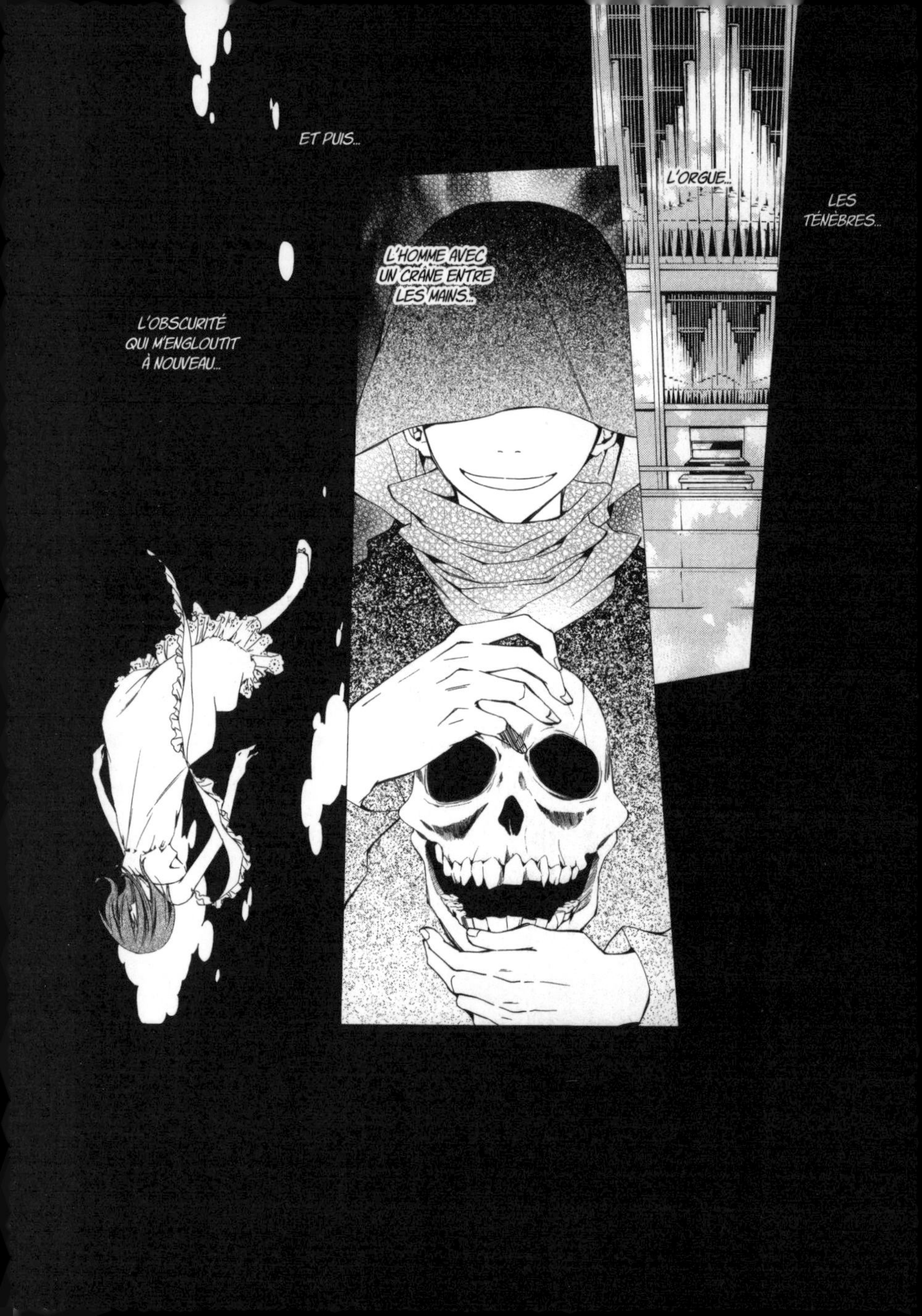
LES TÉNÈBRES...
L'ORGUE...
L'HOMME AVEC UN CRÂNE ENTRE LES MAINS...
ET PUIS...
L'OBSCURITÉ QUI M'ENGLOUTIT À NOUVEAU...

DEUXIÈME JOUR : NAOMI KUCHIKI.
J'AI MAL À LA TÊTE...
ENCORE LE MÊME CAUCHEMAR...
HIER, JE NE ME RAPPELAIS PAS QUAND J'AVAIS COMMENCÉ À FAIRE CE RÊVE...
MAIS COMME ÇA SE PASSE DANS L'AUDITORIUM DE L'UNIVERSITÉ, C'EST FORCÉMENT APRÈS MON EN-TRÉE À LA FAC !
TING

PLUS J'ESSAIE DE ME RAP-PELER, PLUS MA MIGRAINE EMPIRE...
JE VAIS ME PASSER UN COUP D'EAU SUR LE VISAGE...
COMME POUR M'EMPÊCHER DE DÉCOUVRIR LA RÉPONSE...
QU...
SOUVIENS-TOI

QUOI ?!
QUI A FAIT ÇA ?!
LA PORTE EST FERMÉE À CLÉ...
ET J'AVAIS MÊME MIS LE VERROU !
PLAF
CRR

DU ROUGE À LÈVRES...
N...
NON...
C'EST PAS VRAI...
SOUVIENS-TOI
C'EST MOI...
QUI AI ÉCRIT ÇA ?!

LE FRUIT DE LA CONNAISSANCE ?
OUI, CELUI QU'AURAIENT MANGÉ ADAM ET ÈVE !
UN RÉCIT BIBLIQUE ?
EFFECTIVEMENT, LE DESSIN FAIT PENSER À UNE POMME CROQUÉE...
MAIS MÊME EN SUPPOSANT QUE CE SOIT ÇA...
QU'EST-CE QUE LE SUSPECT ESSAIE DE NOUS DIRE ?
QUAND ADAM ET ÈVE ONT GOÛTÉ AU FRUIT DÉFENDU...
DIEU LES A CHASSÉS DU JARDIN D'ÉDEN...

IL RISQUE DE COMMETTRE DES MEURTRES DE PLUS EN PLUS ATROCES...
POUR DIVERTIR SON PUBLIC, LES MÉDIAS ET LA POPULATION...
IL SERAIT SÛREMENT RAVI...
QUE LES JOURNALISTES S'EN MÊLENT ET QUE L'AFFAIRE DÉGÉNÈRE EN CIRQUE MÉDIATIQUE !
D'AILLEURS, J'AI ENTENDU UNE DRÔLE DE THÉORIE...
HEIN ?
J'AI MONTRÉ CE DESSIN À UN AMI DE FAC...
QUI S'Y CONNAÎT BIEN EN SYMBOLES EN TOUS GENRES...
BIEN SÛR, JE NE LUI AI PAS PRÉCISÉ QU'ON L'AVAIT TROUVÉ SUR LES LIEUX D'UN CRIME !
ET ?
D'APRÈS LUI, ÇA POURRAIT ÊTRE UNE ALLUSION AU FRUIT DE LA CONNAISSANCE !

IL N'Y A QUE DES VISAGES FAMILIERS, ICI ...
EN MÊME TEMPS, LA DIRECTION CENTRALE NE VA PAS ENVOYER DES HOMMES POUR UNE SIMPLE AFFAIRE DE CADAVRE ABANDONNÉ...
MAIS LA SITUATION POURRAIT ÉVOLUER TRÈS VITE...
CE CORPS N'A PAS JUSTE ÉTÉ LAISSÉ À L'ABAN-DON...
C'EST UN HOMICIDE VOLONTAIRE AVEC PRÉMÉ-DITATION !
LE COUPABLE SE PREND POUR LE HÉROS D'UNE PIÈCE DE THÉÂTRE ET CONSIDÈRE LES FLICS COMME DES SECONDS RÔLES...
POUR LUI, LES CRIMES FONT PARTIE DE LA RE-PRÉSENTA-TION !

QG DE L'ÉQUIPE D'INVESTIGATION CHARGÉE DE L'AF-FAIRE DU SQUELETTE DÉCAPITÉ RETROUVÉ DANS UN APPARTE-MENT DE KUNITACHI
OUAAAH !
ÇA EN JETTE UN MAX ! VOUS NE TROUVEZ PAS, INS-PECTEUR ?
MAIS QUI M'A PONDU UN NOM PAREIL ?
DEUXIÈME JOUR : TSUYOSHI ISHIKURA.

LES CONDAMNANT, EUX ET LEURS DESCENDANTS, À SE DÉCHIRER ENTRE HOMMES ET FEMMES ...
À ENFANTER DANS LA DOULEUR...
À TRAVAILLER DUR POUR SURVIVRE ...
ET...
À COURIR INÉLUCTABLEMENT VERS LEUR MORT !
ET ALORS ?
C'EST CE QU'ON APPELLE LE PÉCHÉ ORIGINEL ...
ET SELON LES CHRÉTIENS, DEPUIS CET ÉPISODE, TOUS LES ÊTRES HUMAINS NAISSENT CORROMPUS PAR CETTE FAUTE ...
N'IMPORTE QUOI !
LA BIBLE, IL NE MANQUAIT PLUS QUE ÇA !
SI ON S'EMBARQUE LÀ-DEDANS, ON FAIT LE JEU DU TUEUR !
ET ATTENDEZ...
JE NE VOUS AI PAS ENCORE RACONTÉ LE MEILLEUR !

MON AMI AVAIT DÉJÀ VU CE SIGNE AVANT !
ABRUTI !
POURQUOI TU NE L'AS PAS DIT TOUT DE SUITE ?!
EN FAIT, IL Y A PAS MAL DE RUMEURS QUI CIRCULENT À CE SUJET SUR LE NET, APPAREM-MENT...
LES-QUELLES ?
IL PARAÎT QU'IL Y A UN TUEUR À GAGES...
QUI SIGNE CHACUN DE SES CONTRATS AVEC CE SYMBOLE !

OUI, PARCE QU'IL ACCOMPLIRAIT L'ŒUVRE DE DIEU EN FAISANT RETOURNER LES GENS À LA POUSSIÈRE...
EN PLUS, IL NE LAISSE JAMAIS AUCUNE TRACE SUR LES LIEUX DE SON CRIME...
SEULEMENT CE DESSIN !
HEIN ?
UN TUEUR ?
ÇA IRA, MERCI !
QUOI ?
MAIS JE N'AI PAS ENCORE FINI...
IL NE SE REND PAS COMPTE QUE C'EST INCOHÉRENT, CE QU'IL RACONTE, OU QUOI ?
ON NE LAISSE JAMAIS "AUCUNE TRACE" DANS UNE AFFAIRE DE MEURTRE...
UN CADAVRE, C'EST DÉJÀ UNE PREUVE EN SOI !
ET PUIS, RIEN QUE LE FAIT D'UTILISER LE MÊME SYMBOLE À CHAQUE FOIS...
SUFFIT POUR QU'ON CHERCHE UN LIEN ENTRE LES AFFAIRES...

NOUS N'AVONS PAS ENCORE PU DÉTERMINER PRÉCISÉMENT LA DATE DU DÉCÈS, MAIS NOUS SUPPOSONS QU'IL A EU LIEU IL Y A AU MOINS TROIS ANS...
ON A RELEVÉ SUR LE SQUELETTE DE MULTIPLES FRACTURES ...
QUI N'ONT PAS PU ÊTRE OCCASIONNÉES PAR LE DÉPLACEMENT DU CADAVRE POST MORTEM...
LEUR CAUSE RESTE INCONNUE POUR L'INSTANT.
PSS...
C'EST UN MEURTRE, ALORS !
TOUT LE MONDE ICI S'EN DOUTE DÉJÀ...
CELA DIT...
CE N'EST PAS ENCORE SÛR À 100 %...
IL N'Y A QU'UNE SEULE FAÇON DE TUER QUELQU'UN SANS LAISSER DE TRACE...
C'EST DE FAIRE EN SORTE QU'ON NE RETROUVE JAMAIS SON CORPS !

PUISQU'ON A RETROUVÉ DES TRACES DE FRACTURES FAITES DU VIVANT DE LA VICTIME...
POURTANT, C'EST ÉVIDENT, NON ?
T'EMBALLE PAS COMME ÇA, PETIT !
MAIS...
ON NE MEURT PAS FORCÉMENT D'UN OS BRISÉ...
CES FRACTURES ONT PU ÊTRE CAUSÉES PAR TOUTES SORTES DE CHOSES !
TANT QU'ON N'A PAS DE PREUVE FORMELLE...
ON DOIT PRENDRE EN COMPTE TOUTES LES POSSIBILITÉS !
OUI, MAIS...
TU VAS LA FERMER, OUI ?!
LA VICTIME EST DE GROUPE SANGUIN B, DE SEXE MASCULIN, ET SON ÂGE SE SITUERAIT ENTRE 20 ET 30 ANS, D'APRÈS NOS PREMIÈRES ESTIMATIONS...

QUE DES INFORMATIONS VAGUES...
AU BOUT DU COMPTE ...
C'EST CETTE PHOTO NOTRE SEUL INDICE...

控室
ON SE RETROUVE APRÈS LA RÉPÉTITION, MA JOLIE !
SMACK
DEUXIÈME JOUR : AKIHO MAYA.
CLAC

NAOMI !
TU ES EN AVANCE !
TOI AUSSI !
COMME J'AI ÉTÉ TRÈS OCCUPÉE CES DERNIERS TEMPS, JE N'AI PAS PU M'EN-TRAÎNER AUTANT QUE JE L'AURAIS VOULU...
C'EST VRAI QUE C'EST POUR BIEN-TÔT...
TON MARIAGE AVEC KAZUO !
EH OUI...
ET TOI ?
J'AVOUE QUE MOI NON PLUS, JE N'AI PAS BOSSÉ DES MASSES !
ENFIN, VU LA SI-TUATION ...

OUI, ON ÉTAIT MÊME PAS SÛRS QUE LES RÉPÉTITIONS REPRENNENT...
VOILÀ !
COMME J'AVAIS PEUR QUE LE SPECTACLE SOIT ANNULÉ, J'AI UN PEU MIS DE CÔTÉ MES PARTITIONS !
QUAND MÊME, CE M. NAKANO ...
QU'EST-CE QUI LUI A PRIS DE DISPARAÎTRE SANS PRÉVENIR ?
PEUT-ÊTRE QUE CE BOULOT NE LUI PLAISAIT PAS !
TU CROIS ?
JE ME DEMANDE COMMENT SERA LE NOUVEAU CHEF D'ORCHESTRE...
CE N'EST QU'UN REMPLAÇANT, NE TE FAIS PAS TROP D'ILLUSIONS !

PAS FAUX !
BON, À TOUT À L'HEURE, ALORS !
OK !
KII
キィ

CONCERTO N° 1 POUR VIOLON EN RÉ MAJEUR DE PAGANINI...
JE NE M'EN SUIS PAS TROP MAL TIRÉE, JE CROIS...
CLAP パチ
CLAP パチ
CLAP パチ
CLAP パチ
CLAP パチ
MAGNIFIQUE !
パチ CLAP
CLAP パチ

CETTE VOIX...
Y... YASUFUMI ?
TAP
TAP
QUEL TON GLACIAL !
TU N'ES PAS CONTENTE DE ME REVOIR ?
QU'EST-CE QUE TU FICHES ICI ?
JE M'ATTENDAIS À UN ACCUEIL PLUS CHALEUREUX DE TA PART...

TU RÊVES... ENTRE NOUS, C'EST FINI DEPUIS LONGTEMPS !
MOI, J'AI L'IMPRESSION QUE C'ÉTAIT HIER !
YASUFUMI S'EST TOUJOURS...
SERVI DE CE SOURIRE...
POUR MASQUER SES VÉRITABLES SENTIMENTS ...
QUAND ON SORTAIT ENSEMBLE, JE TROUVAIS QUE ÇA FAISAIT PARTIE DE SON CHARME... QUE C'ÉTAIT UN SIGNE DE TOLÉRANCE...
JUSQU'À CE JOUR...
IL Y A CINQ ANS...

DEPUIS, JE N'AI PLUS EU CONFIANCE EN LUI...
JE ME SUIS MISE À CRAINDRE CE QUE CACHAIT CE VISAGE SOURIANT...
C'EST POURQUOI JE ME SUIS SENTIE SOULAGÉE LORSQU'IL M'A ANNONCÉ QU'IL ME QUITTAIT POUR PARTIR À L'ÉTRANGER...
ET VOILÀ QUE TOUT À COUP...
TU NE M'AS PAS RÉPONDU... QU'EST-CE QUE TU VIENS FAIRE ICI ?
DIRIGER ! JE SUIS LE NOUVEAU CHEF D'ORCHESTRE DE CE SPECTACLE...
C'EST TOI, LE REMPLAÇANT ?
EXACTEMENT !
POURQUOI ?!
PARCE QUE JE VOULAIS ABSOLUMENT CE TRAVAIL !

UN ORCHESTRE DE COMÉDIE MUSICALE N'EST LÀ QUE POUR METTRE EN VALEUR LES ACTEURS...
J'AI DU MAL À CROIRE QUE TU TIENNES À JOUER UN RÔLE AUSSI MINEUR !
SI TU VEUX LA VÉRITÉ...
J'AI FAIT ÇA POUR TE REVOIR !
JE VAIS...
BIENTÔT ME MARIER, TU SAIS !
JE VOIS...

FAIS AU MOINS...
SEMBLANT D'ÊTRE ÉTONNÉ !
TU AS L'AIR HEUREUSE, C'EST LE PRINCIPAL !
BON, JE TE LAISSE... ON AURA TOUT LE LOISIR DE DISCUTER PLUS TARD !
C'EST KAZUO...

CELUI QUE J'ÉPOUSE !
VRAI-MENT ?
ÇA ME RASSURE QUE CE SOIT LUI !

J'AI L'IM-PRESSION DE REJOUER LA MÊME SCÈNE QU'IL Y A CINQ ANS...
SAUF QUE CETTE FOIS, JE NE LUI COURRAI PAS APRÈS...
ET JE NE PLEURERAI PAS !
AVEC LE TEMPS...
LES GENS CHANGENT...

TU FERAIS BIEN...
D'EN PRENDRE CONSCIENCE !
POURQUOI A-T-IL FALLU...
QUE JE TOMBE SUR AKIHO ?!
DEUXIÈME JOUR : YASUFUMI YÛKI.
ELLE EST ENCORE PLUS BELLE...
QU'IL Y A CINQ ANS !

PEUT-ÊTRE QUE LES FEMMES EMBELLISSENT À L'APPROCHE DU MARIAGE...
ON DIRAIT PLUTÔT QU'ELLE IRRADIE DE BONHEUR...
SON CHARME NE VIENT PAS DE SON MAQUILLAGE OU DE SES BIJOUX...
QU'EST-CE QUE ÇA PEUT ME FAIRE ?
C'ÉTAIT COURU D'AVANCE QU'ELLE ALLAIT FINIR AVEC KAZUO !
INUTILE DE PENSER AU PASSÉ...
ÇA NE FERAIT QUE CAUSER MA PERTE...
YASUFUMI ?

C'EST VRAIMENT TOI, ALORS !
NAOMI...
ÇA FAIT DÉJÀ CINQ ANS, DEPUIS LA FAC !
ON VIENT FAIRE UN PETIT TOUR AU PAYS, MAESTRO ?
NON...
CETTE FOIS, JE COMPTE FAIRE CAR-RIÈRE ICI !
C'EST VRAI ?!
SUPER !
TU N'AS PAS CHANGÉ...
HEIN ?

SANS BLAGUE ?!
EH OUI !
FAIS ATTENTION, JE SUIS TRÈS SÉVÈRE !
OH...
TU FERAS BIEN UNE PETITE EXCEPTION POUR MOI !
BYE...
À TOUT À L'HEURE !
CLIC
C'EST MOI QUI VAIS DIRIGER CET ORCHESTRE !
TU PRENDS TOUT CE QU'ON TE DIT POUR ARGENT COMPTANT...
SANS JAMAIS CHERCHER PLUS LOIN !

AMUSANT ...
ウィイ
VRR
DIRE QU'ON SE RETROUVE À DISCUTER COMME ÇA...
JE SAIS BIEN QU'IL S'EST ÉCOULÉ CINQ ANS, MAIS TOUT DE MÊME...
JE ME DEMANDE QUELLE TÊTE ELLE FERAIT SI ELLE APPRENAIT LA VÉRITÉ...
TIENS !
YASUFUMI !
ASSEYEZ-VOUS DONC !

MERCI POUR HIER !
AH, IL FAUT QUE JE VOUS PRÉSENTE...
NON...
C'EST MOI !
...
VOICI TAKEO KASHIWAI, QUI A ACCEPTÉ DE REMPLACER NOTRE METTEUR EN SCÈNE !
HI HI !
ENCHANTÉ, JE SUIS YASUFUMI YÛKI, LE CHEF D'ORCHESTRE !
AH...
J'AI ENTENDU PARLER DE TOI !
NOUS AVONS VRAIMENT DE LA CHANCE QUE YASUFUMI AIT ACCEPTÉ LE JOB !
ET TAKEO EST UN METTEUR EN SCÈNE TRÈS PROMETTEUR, LE SPECTACLE VA CARTONNER !

M. AIBA M'A FAIT ÉCOUTER UN CONCERT QUE TU AS DIRIGÉ...
CELUI À L'OPERA CITY, IL Y A CINQ ANS !
LE SPECTACLE DE FIN D'ANNÉE DU CONSERVATOIRE...
ÇA NE DEVAIT PAS ÊTRE TERRIBLE ...
AU CONTRAIRE, C'ÉTAIT PAS MAL !
PAS MAL, HEIN ?
OUAIS...
QU'EST-CE QU'UN GROS BEAUF COMME TOI PEUT COMPRENDRE À LA MUSIQUE ?!
C'EST UN DON RÉSERVÉ À UN PETIT NOMBRE D'ÉLUS !
MERCI DU COMPLIMENT !

IL FAUT DIRE QUE YASUFUMI EST UN CHEF D'ORCHESTRE DE PREMIER ORDRE ! SA SEULE PRÉSENCE SUFFIRA À FAIRE PARLER DE NOUS...
S'IL EST SI DOUÉ, POURQUOI IL VIENT TRAVAILLER SUR UNE COMÉDIE MUSICALE ?
J'AVAIS ENVIE DE CHANGER DE REGISTRE ! C'EST TRÈS ENRICHISSANT D'EFFECTUER DES TRAVAUX DIFFÉRENTS DE TEMPS EN TEMPS !
JE VOIS...
PAF
D...
D'AILLEURS, LE PLANNING ...
AÏE !!

DÉSOLÉ... JE VAIS NETTOYER ÇA TOUT DE SUITE !
ÇA VA ?
OUI, OUI !
NE VOUS EN FAITES PAS !
JE M'EN DOUTAIS...
JE N'AURAIS PAS DÛ ACCEPTER CE TRAVAIL...

TU PARLES D'UNE SUR-PRISE...
EN TANT QU'AMIE, JE SUIS CONTENTE D'AVOIR YASU-FUMI COMME CHEF D'OR-CHESTRE...
MAIS AKIHO ET KAZUO VONT AUSSI ÊTRE SOUS SA DI-RECTION...
J'AI DU MAL À ME RÉJOUIR POUR EUX...
COMPTE TENU DE LEURS RELA-TIONS DEPUIS LA FAC...
...
EST-CE QU'AKIHO ET YASUFUMI SE SONT DÉJÀ CROISÉS ?

ALORS, NAOMI, ON EST DANS LA LUNE ?
PLOF
GLOUPS
FRSH
ENCORE !
POURQUOI EST-CE QUE JE SURSAUTE À CHAQUE FOIS QU'UN HOMME ME TOUCHE ?
QU'EST-CE QUI T'ARRIVE ?
AH !
PARDON, KAZUO...
TU M'AS SURPRISE !
ALLEZ, J'Y VAIS !

QU'EST-CE QU'ILS PEUVENT BIEN ÊTRE EN TRAIN DE SE RACONTER ?
J'ESPÈRE QUE TOUT VA BIEN POUR EUX...
VLAM
BLA
BLA
TAP
TAP
TAP

ENCHANTÉ, JE M'APPELLE YASUFUMI YÛKI !
À PARTIR D'AUJOURD'HUI, C'EST MOI QUI DIRIGERAI CET ORCHESTRE...
MAIS CE N'EST PAS PARCE QUE JE SUIS UN REM-PLAÇANT QUE JE COMPTE BÂCLER LE TRAVAIL !
J'ENTENDS BIEN METTRE À PROFIT LA SEMAINE QU'IL NOUS RESTE POUR ATTEINDRE LE MEILLEUR NIVEAU POSSIBLE, ET J'ESPÈRE QUE VOUS FEREZ DE MÊME !
CLAP パチ
CLAP パチ
J'AI DÉJÀ JOUÉ PLUSIEURS FOIS SOUS SA DIRECTION À LA FAC...
BIEN, COMMENÇONS PAR UN PETIT ÉCHAUFFE-MENT...

JE SUIS DÉSOLÉE POUR AKIHO ET KAZUO, MAIS...
JE SUIS CURIEUSE DE VOIR LES PROGRÈS QU'A FAITS YASUFUMI...
DURANT TOUTES CES ANNÉES !

DEUXIÈME JOUR : KAZUO TAMAKI.
PFF.. JE SUIS CREVÉ !
À DEMAIN !
LE SALAUD... IL N'A PAS RESPECTÉ NOTRE MARCHÉ !
POURQUOI FAUT-IL QU'IL REVIENNE PILE MAINTENANT ?
NON, CALME-TOI !
À L'ÉPOQUE, ON S'ÉTAIT MIS D'ACCORD POUR QU'IL QUITTE AKIHO ET PARTE À L'ÉTRANGER...
MAIS IL N'A JAMAIS ÉTÉ QUESTION QUE SON DÉPART SOIT DÉFINITIF !
ET PUIS...
AKIHO ET MOI, ON EST SUR LE POINT DE SE MARIER...
ELLE NE VA PAS CHANGER D'AVIS MAINTE-NANT !
KAZUO !

ON VA MANGER ?
UN SOURIRE FORCÉ...
RIEN À VOIR AVEC CELUI QU'ELLE AFFICHE SUR CETTE PHOTO...
EST-CE QU'ELLE ESSAIE DE ME RASSU-RER ?
DANS CE CAS, ELLE FERAIT MIEUX DE FONDRE EN LARMES...
QU'EST-CE QUI T'ARRIVE ?

RIEN DU TOUT !
ON Y VA, ALORS !
NON...
SI JE RESTE AVEC ELLE DANS L'ÉTAT OÙ JE SUIS, ELLE VA S'APERCEVOIR QUE LE RETOUR DE YASUFUMI ME PRÉOCCUPE !
JE SUIS UN PEU FATIGUÉ, AUJOURD'HUI ...
DÉSOLÉ, JE VAIS RENTRER !
JE NE SUIS PAS SI JALOUX QUE ÇA !
D'ACCORD !
À DEMAIN, ALORS !
COMMENT EST-CE QU'ELLE PEUT AVOIR L'AIR AUSSI INDIFFÉRENTE ?
ÇA LUI EST VRAIMENT ÉGAL QUE YASUFUMI SOIT REVENU ?

C'EST VRAI QUE QUAND IL EST ENTRÉ DANS LA PIÈCE...
AKIHO EST RESTÉE IMPASSIBLE...
COMME SI ELLE ÉTAIT DÉJÀ AU COURANT !
C'EST PEUT-ÊTRE LE CAS, D'AILLEURS... ILS ONT TRÈS BIEN PU GARDER LE CONTACT PAR E-MAIL OU PAR TÉLÉPHONE...
IL SE POURRAIT MÊME...
QU'ILS SE SOIENT DÉJÀ RETROUVÉS PLUSIEURS FOIS EN SECRET...
OUI...
À DEMAIN !

"EH, ATTENDS !"

LA DIRECTION DE YASUFUMI EST COMME UN INSTRUMENT DE PRÉCISION...
J'AI EU L'IMPRESSION DE SUFFOQUER TOUT AU LONG DE LA RÉPÉTITION...
JE SUIS UN PEU DÉÇUE...
MÊME S'IL A FAIT DES PROGRÈS SUR LE PLAN TECHNIQUE PENDANT SON VOYAGE D'ÉTUDES, IL N'A PAS FONDAMENTALEMENT CHANGÉ DEPUIS L'UNIVERSITÉ...

AKIHO...
QU'EST-CE QU'IL Y A ?
TU N'AS VRAIMENT PAS BONNE MINE !
C'EST À CAUSE DE YASUFUMI ?
C'EST RIEN...
JUSTE UN PETIT COUP DE BARRE...
MAIS NON, ENFIN !
C'EST DU PASSÉ, TOUT ÇA !
SI TU LE DIS...
TU T'INQUIÈTES POUR RIEN, NAOMI !
VRAIMENT ?

OUI, VRAIMENT !
...
TU DEVRAIS EN PARLER FRANCHEMENT AVEC KAZUO !
DE QUOI ?
BEN...
ÇA FAIT DÉJÀ CINQ ANS QUE YASUFUMI ET MOI, C'EST FINI !
CE SERAIT BIZARRE DE REMETTRE ÇA SUR LE TAPIS MAINTENANT, NON ?
À T'ENTENDRE, ON CROIRAIT QUE JE L'AIME ENCORE !

QUE QUOI ?
CE N'EST PAS CE QUE JE VOULAIS DIRE, C'EST JUSTE QUE ...
...
JE ME FAIS DU SOUCI, C'EST TOUT...
...
ET POURQUOI ÇA ?
SI TU METTAIS DÉJÀ DE L'ORDRE DANS TA VIE, AVANT DE T'OC-CUPER DE LA MIENNE ?
OUI !
PARDON ?
QUAND EST-CE QUE TU VAS TE DÉCIDER À OUBLIER CE TYPE ?

HEIN ?
QUEL TYPE ?
OH, ARRÊTE... TU LE SAIS TRÈS BIEN ! CE N'EST PAS MOI QUI RESTE SEULE PARCE QUE JE SUIS INCAPABLE DE TIRER UN TRAIT SUR LE PASSÉ !
JE N'AI PAS DE LEÇON À RECEVOIR DE TOI !

VOUS ÊTES ENCORE LÀ ?
COMME TU VOIS !
DE QUOI EST-CE QU'ELLE PARLE ?
JE N'Y COMPRENDS RIEN...
AH OUI...
J'OUBLIAIS ...

TOUS MES VŒUX DE BONHEUR POUR TON MARIAGE !
MERCI !
TOI AUSSI, NAOMI, DÉPÊCHE-TOI DE TROUVER QUELQU'UN !
ALLEZ, À DEMAIN !
À DEMAIN !

PILE À L'HEURE !
M. MATSU-ZAKI N'EST PEUT-ÊTRE PAS ENCORE ARRIVÉ...
JE N'AI MÊME PAS EU LE TEMPS DE ME REMAQUILLER...
J'ESPÈRE QUE JE N'AI PAS UNE SALE TÊTE...

ELLE SEMBLAIT INSINUER QUE J'AVAIS EU DES PROBLÈMES AVEC UN PETIT COPAIN...
ET QUE J'ÉTAIS RESTÉE SEULE DEPUIS...
MAIS JE N'AI PAS EU DE RELATION SÉRIEUSE...
DEPUIS LE LYCÉE !
À CHAQUE FOIS QU'UN HOMME COMMENÇAIT À SE RAPPROCHER DE MOI, JE RECULAIS AU DERNIER MOMENT...
COMME SI QUELQUE CHOSE ME FAISAIT PEUR...
CE N'EST PAS MOI QUI RESTE SEULE PARCE QUE JE SUIS INCAPABLE DE TIRER UN TRAIT SUR LE PASSÉ !
...
IL EN MET, DU TEMPS, M. MATSUZAKI !

ポン
PLOF
BONSOIR !
IL A UN QUART D'HEURE DE RETARD...
ET IL NE S'EXCUSE MÊME PAS !
PARDON DE VOUS AVOIR FAIT VENIR À UNE HEURE PAREILLE !
TENEZ, VOTRE AGENDA... IL VAUT MIEUX QUE JE VOUS LE RENDE AVANT D'OUBLIER !

MERCI BEAU...
COUP !
AH !
パッ
FLAP
サッ
PFF...
QU'EST-CE QUI M'ARRIVE ?!

ÇA AUSSI, C'EST À VOUS, NON ?
OH...
MERCI !
?
J'AVAIS ÇA, MOI ?
ELLE DATE D'IL Y A CINQ ANS, LE JOUR DU RÉVEILLON DE NOËL !
C'EST UNE PHOTO QUI REMONTE À L'ÉPOQUE DU CONSERVATOIRE...
TIENS... C'EST QUI, LUI ? SON VISAGE A ÉTÉ GRIBOUILLÉ AU MARQUEUR...

QUI C'EST ?
JE NE M'EN SOUVIENS PAS...
J'AI L'AIR HEUREUSE, MAIS...
VOTRE PETIT AMI ?
AUCUNE IDÉE...

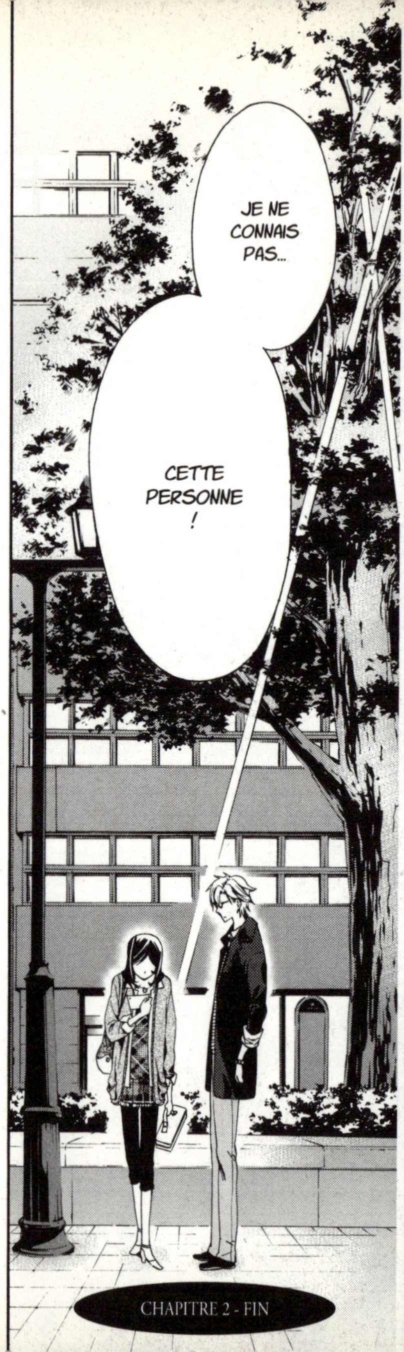
JE NE CONNAIS PAS...
CETTE PERSONNE !
CHAPITRE 2 - FIN

Conductor

To be continued...

CHARACTERS FILE 3

Kazuo Tamaki

【 Pianiste 】

LES LIENS ENTRE LES INDIVIDUS SONT SOUVENT FRAGILES ET HASARDEUX. MAIS C'EST JUSTEMENT CETTE INSTABILITÉ QUI FAIT QU'ON ACCORDE DE LA VALEUR AUX SENTIMENTS, AINSI QU'AUX JOIES ET AUX SOUFFRANCES QU'ILS PROCURENT, ET QU'ON SE RAPPROCHE LES UNS DES AUTRES. COMMENT LES GENS ÉVOLUENT-ILS QUAND DE LA MALVEILLANCE VIENT INTERFÉRER AVEC CES LIENS ? DANS "CONDUCTOR", J'AI CHERCHÉ À DÉPEINDRE NON SEULEMENT LA BEAUTÉ DES ÊTRES HUMAINS, MAIS AUSSI LEUR PART D'OMBRE.
J'ESPÈRE QUE VOUS APPRÉCIEREZ CETTE PLONGÉE DANS LES TÉNÈBRES...

MANABU KAMINAGA

* D'ABORD PARU SOUS FORME DE ROMAN AU JAPON, NDT.

J'ESPÈRE DONC QUE VOUS CONTINUEREZ À SUIVRE CETTE SÉRIE, ELLE VOUS RÉSERVE ENCORE DE NOMBREUSES SURPRISES ! J'AI FAIT TOUT MON POSSIBLE POUR RETRANSCRIRE TELS QUELS LES MOMENTS FORTS DE L'ŒUVRE ORIGINALE. ALLEZ, RENDEZ-VOUS DANS LE VOLUME 2 !

OCTOBRE 2010

NOKIYA

Special thanx !

JE TIENS À REMERCIER TOUT PARTICULIÈREMENT :

MANABU KAMINAGA

S., MON RESPONSABLE ÉDITORIAL,
I., U. ET Y., MES ASSISTANTS

AINSI QUE SUZUKA ODA, DESSINATRICE DU MANGA "SHINREI TANTEI YAKUMO*". (LORSQUE J'AI VU LA SUPERBE ILLUSTRATION QUE TU M'AS FAITE, J'EN AI EU LE SOUFFLE COUPÉ ! SNIF... JE SUIS FIDÈLEMENT LES AVENTURES DE YAKUMO. MERCI ENCORE POUR TES ENCOURAGEMENTS !)

* "YAKUMO, DÉTECTIVE SPECTRAL", AUTRE MANGA ADAPTÉ D'UNE ŒUVRE DE MANABU KAMINAGA, NDT.

Félicitations pour la sortie du premier volume de "Conductor" ! ♡
Je lis chaque chapitre le coeur battant. J'ai dessiné Yasufumi parce que c'est le personnage que je préfère. J'attends le tome 2 avec impatience ! Nokiya, je compte sur toi...
Suzuka Oda
Yakumo aussi te passe le bonjour !
2010.9

CONDUCTOR

THE CONDUCTOR Volume 1

First published in Japan in 2010 by KADOKAWA SHOTEN Co., Ltd., Tokyo.
French translation rights arranged with KADOKAWA SHOTEN Co., Ltd., Tokyo
through TUTTLE-MORI AGENCY, INC., Tokyo.

Édition française

Traduction :
Yohan Leclerc

Adaptation graphique :
Clair Obscur

ISBN : 978-2-35592-327-2
Dépôt légal : novembre 2011
Achevé d'imprimer en France par CPI Aubin Imprimeur